KB123913

Taming Master

테이밍 마스터

테이밍 마스터 6

2016년 8월 3일 초판 1쇄 인쇄
2016년 8월 10일 초판 1쇄 발행

지은이 박태석
발행인 이종주

기획 팀 이기헌 송윤성
책임 편집 최이슬

발행처 (주)로크미디어
출판등록 2003년 3월 24일
주소 서울시 마포구 성암로 330 DMC첨단산업센터 3층 314호
Tel (02)3273-5135 Fax (02)3273-5134
홈페이지 rokmedia.com **E-mail** rokmedia@empas.com

ⓒ 박태석, 2016

값 8,000원

ISBN 979-11-5999-836-2 (6권)
ISBN 979-11-5960-986-2 04810 (세트)

6

Taming Master

|박태석 게임 판타지 장편소설 |

테이밍마스터

ROK
MEDIA
로크미디어

CONTENTS

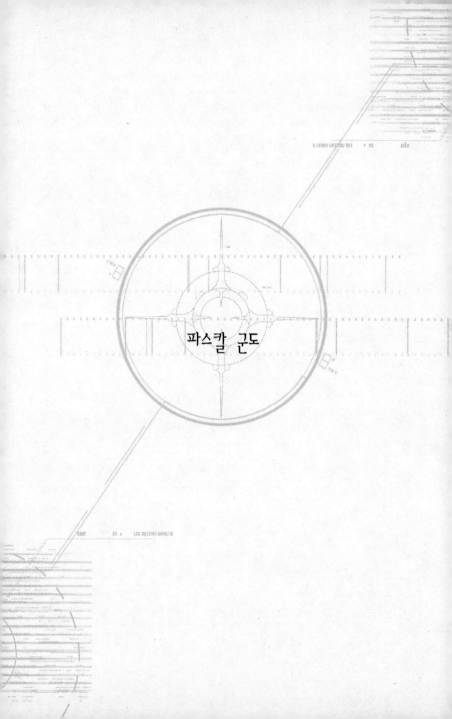

파스칼 군도

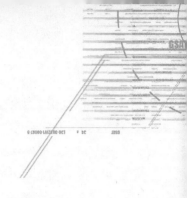

　황성에는 이카엘에게서 받은 서신으로 어렵지 않게 들어
갈 수 있었다.

　붉은 서신 바깥쪽에 찍혀 있는 이카엘의 문장을 확인한 근
위병들이 이안을 곧바로 통과시켜 줬던 것이다.

　'이카엘, 그리퍼 이 두 쌍둥이 마법사가 루스펠 황실에서
제법 영향력이 있나 보네.'

　하지만 내성부터는 세리아는 들어갈 수 없었기에, 이안은
혼자서 황제를 만나게 되었다.

　그리고 황제 셀리어스는 이안을 반갑게 맞아 주었다.

　"이안 경, 오랜만일세."

　"오랜만에 뵙습니다, 폐하."

"그래, 이카엘 경이 보낸 서신을 가져왔다고?"

"그렇습니다."

셀리아스가 손을 까딱 하자, 항상 그의 옆을 지키는 헬라임이 이안에게로 다가와 서신을 받아 갔다.

그리고 그것을 쫙 펼쳐 읽는 셀리아스를 보며 이안은 마른침을 삼켰다.

'뭐야, 황제는 또 왜 저렇게 표정이 심각해? 대체 뭘 시키려고⋯⋯.'

쉽지 않은 퀘스트일 것임은 이미 짐작하고 있었지만, 그의 심각한 표정을 보자 괜히 더 긴장되었다.

셀리아스가 작은 목소리로 중얼거렸다.

"그렇군, 파스칼 군도에 있었단 말이지⋯⋯."

서신을 다 읽고 난 셀리아스는 이안을 향해 시선을 돌렸다.

"이안 경."

"예, 폐하."

"혹시 대륙 서남쪽에 있는 파스칼 군도라는 곳을 아는가?"

"파스칼 군도라면⋯⋯."

이안은 열심히 머리를 굴려 파스칼 군도라는 지명을 기억해 내기 위해 애썼다.

'군도라면⋯⋯ 섬인가? 유명한 곳은 아닌 것 같은데.'

하지만 아무리 머릿속을 뒤져 봐도 그러한 지명은 들어 본적이 없었다.

"잘 모르겠습니다, 폐하."

그리고 셀리아스의 말이 이어졌다.

"그렇군. 하긴, 자네가 아무리 뛰어난 모험가라 하더라도 적국에 가 봤을 리는 없지."

그 말에 이안은 저도 모르게 헛바람을 들이켰다.

'적국? 적국이라고……? 설마 카이몬 제국?'

이안은 서둘러 인터페이스 상단에 있는 대륙의 지도를 열어 보았다.

그리고 대륙 서남쪽 해안, 즉, 카이몬 제국 남단의 바다에 옹기종기 모여 있는 섬들 위에 '파스칼 군도'라고 쓰인 지명을 발견할 수 있었다.

이안은 슬슬 불안해지기 시작했다.

적국 안에서 국적이 밝혀지기라도 한다면 순식간에 척살당할 수도 있기 때문이다.

셀리아스의 말이 이어졌다.

"파스칼 군도는 총 열여덟 개의 섬으로 이루어져 있다네. 그리고 이 중 하나의 섬에 '파스칼 뇌옥'이라는 카이몬 제국의 감옥이 지어져 있다는 사실을 이카엘이 알아냈다는군."

딱히 무슨 대답을 해야 할지 떠오르지 않은 이안은, 가만히 그의 말을 경청했다.

"그리고 그곳에는 십여 년 전, 칼라비어스 전쟁 때 카이몬 놈들에게 잡혀 간 전쟁 포로들이 갇혀 있다네."

칼라비어스 전쟁이라는 말은 무척이나 생소했지만, 어쨌든 이안은 어떤 퀘스트가 주어질지 대충 감이 왔다.

'전쟁 포로를 구출해 오라는 퀘스트인가?'

셀리아스의 말이 이어졌다.

"머지않아 칼라비어스 협곡에 드리워진 칠흑의 안개가 걷힐 것이라는 신탁이 내려왔다네."

"칼라비어스 협곡……요?"

이안의 물음에 셀리아스가 고개를 끄덕이며 설명했다.

"칼라비어스 협곡은, 이안 자네가 그리핀을 부화시키기 위해 갔었던 천공의 고원에서 좀 더 안쪽으로 들어가면 있는 어둠의 땅이라네."

그 얘기를 들은 순간, 이안은 떠오르는 것이 있었다.

'아, 대륙을 반으로 가르고 있는 그 기다란 협곡을 말하는 거구나.'

그런데 의문점이 생겼다.

'칼라비어스 협곡에 드리워진 칠흑의 안개라면 아직 미오픈인 대륙의 중부 지역으로 통하는 길목을 차단하는 역할일 텐데…… 그게 걷힌다고?'

이안의 머리가 복잡한 것과는 별개로, 셀리어스의 말이 계속 이어졌다.

"칼라비어스 협곡에 드리워진 안개가 걷히는 순간, 우린 또 카이몬 제국과 전쟁을 치러야 할 터. 그 전에 무조건 전쟁 포로를 되찾아 와야 한다네."

옆에 잠자코 서 있던 헬라임이 부언했다.

"특히 '카이자르'라는 이름을 가진 무사만큼은 꼭 구해 와야 해, 이안 경. 그는 우리 루스펠 제국에서 가장 강력한 검사 중 한 명이야. 이카엘님의 정보가 틀리지 않다면 그 또한 그곳에 갇혀 있다네."

잠시 셀리어스와 헬라임에게서 들은 정보들을 머릿속으로 정리한 이안이 천천히 입을 열었다.

"혹시, 칼라비어스 협곡의 안개가 걷히는 날짜도 신탁으로 내려왔습니까?"

이안은 큰 기대 없이 물어본 것이었지만 놀랍게도 셀리어스가 고개를 끄덕이며 대답했다.

"그렇다네. 정확히 보름 뒤, 칼라비어스 협곡의 안개가 걷힐 것이라는 신탁이 내려왔지."

순간, 이안은 머릿속에서 떠돌던 정보들의 아귀가 딱딱 들어맞는 것을 느꼈다.

'보름 뒤……! 신규 업데이트 일정이다. 이번 대규모 업데이트에선 중부 대륙이 오픈되는 거야!'

뜻밖의 정보를 얻게 된 이안의 표정이 살짝 상기되었다.

'중부 대륙이 오픈되면서 카이몬 제국과 루스펠 제국이 연결되고…… 그러면 전쟁은 필연적이겠지.'

어쩐지 대규모 업데이트의 중심이 되는 곳에 서 있다는 느낌을 받은 이안은 뿌듯함을 느꼈다.

"어쨌든 이안, 자네가 파스칼 군도에 가서 포로들을 구출해 왔으면 하네. 어떤가, 할 수 있겠는가?"

셸리어스의 말과 함께, 이안의 눈앞에 퀘스트 창이 떠올랐다.

띠링-.

전쟁 포로 구출하기

얼마 전, 루스펠 제국의 황제 셸리어스는 '칼라비어스 협곡의 검은 안개'가 걷힌다는 신탁을 받았다.

검은 안개는 10여 년 전 칼라비어스 대전쟁이 끝난 직후 초자연적 현상으로 인해 생겨난 결계이다.

이 결계가 걷히면 두 제국 간에 필연적으로 다시 전쟁이 일어날 것이며, 셸리어스는 그 전까지 전쟁 포로로 잡혀 있는 루스펠 제국의 포로들을 구출해 오길 바란다.

특히 그들 중 '카이자르'라는 이름의 검사는 제국 간 전쟁을 승리로 이끌기 위해 꼭 필요한 존재이다.

보름 안으로 포로를 구출하여 무사히 황성으로 돌아오자.

퀘스트 난이도 : S

퀘스트 조건 : 루스펠 황실의 귀족인 유저.
　　　　　　　황제와의 친밀도가 500 이상인 유저.

제한 시간 : 15일 (포로 구출까지의 제한 시간)

보상 : 전공 포인트 2,000
　　　　황실 공헌도 (클리어 등급에 따라 차등 지급)
　　　　명성 (클리어 등급에 따라 차등 지급)

퀘스트의 내용을 다 읽은 이안은, 생소한 단어를 발견하고는 의아한 표정이 되었다.

'다른 건 다 그렇다 치는데, 전공 포인트는 뭐지?'

보상 탭에 쓰여 있는 '전공 포인트'라는 말은 지금껏 본 적이 없었기 때문이다.

하지만 보상이 어쨌든 무조건 퀘스트는 진행할 생각이었기에, 이안은 망설임 없이 퀘스트를 수락했다.

그리고 S등급 퀘스트라면 이미 한 번 클리어한 전적이 있었기에 자신감도 충분했다.

"제가 한번 해 보겠습니다 폐하."

그리고 이안의 수락에 셀리어스는 흡족한 표정이 되어 고개를 끄덕였다.

"역시, 이안 경이라면 내 기대를 저버릴 리 없다 생각했지."

헬라임을 향해 고개를 돌린 셀리어스가 말을 이었다.

"헬라임, 이안 경에게 갈레온선 세 척을 내어 주도록 하게."

'갈레온'이란 선박의 이름은, 중세시대에 지중해에서 활약하던 갈레galea에서 유래한 것으로 3~4층 갑판의 대형범선이다.

그리고 루스펠 제국 수군의 주력을 이루는 군함이기도 했다.

헬라임이 절도 있는 목소리로 대답했다.

"알겠습니다, 폐하."

"이쪽으로 오십시오, 이안 남작님."

루스펠 제국 최남단의 해안 도시인 이스룬.

황성에서 곧바로 워프를 통해 이곳에 도착한 이안은 어리둥절한 표정이 되었다.

'뭐야, 이런 식으로 이동하는 것도 가능했어?'

황실 마법사들이 매스 텔레포트를 사용해 이안을 곧바로 이동시켜 주었기 때문이었다.

배를 타기 위해 대륙 최남단까지 이동해야 한다는 이야기를 듣고, 제법 오랜 시간이 걸릴 줄로만 알았던 이안은 만족스런 표정이 되었다.

'이동하는 데 쓰는 시간이 제일 아까웠는데, 다행이야.'

이안을 안내하는 남자는 헬라임이 붙여 준 황실 근위 기사단의 상급 기사였다.

그의 이름은 폴린.

레벨은 무려 170이었다.

이안은 그의 레벨을 확인해 보고는 식겁했다.

'친하게 지내야지…….'

이안은 폴린에게 밝은(?)목소리로 말을 걸었다.

"이런 도시도 있었군요. 처음 보네요."

그 말에 폴린이 의아한 표정으로 되물었다.

"여길 처음 와 보셨다고요? 제국 남부에서 가장 유명한 도시 중 하나인데요."

이안은 멋쩍은 표정이 되었다.

"아, 제가 동부나 북부 쪽에 주로 머물러서 그런가 보네요."

다행이 둘 사이의 어색한 시간은 그리 길지 않았다.

워프된 곳에서 멀지 않은 곳에 루스펠 제국의 함대가 주둔해 있는 항구가 있었기 때문이다.

황제로부터 미리 연락을 받았는지, 이안과 함께 움직일 배 세 척이 선착장에 대기 중이었다.

이안과 폴린, 그리고 세리아 일행을 발견한 함장이 그들을 향해 다가왔다.

"충! 오셨습니까, 이안 남작님."

함장의 깍듯한 경례에 어색해진 이안은 살짝 고개를 숙여 보인 뒤, 슬쩍 그의 정보를 확인해 봤다.

'이 함장이라는 사람…… 어쩐지 폴린보다 더 대단해 보이는걸.'

그 근거는 다름 아닌 우락부락한 체격과 외모였다.

루스펠 제국 함대의 장교였지만, 외모는 거의 해적 뺨치는 수준이었던 것이다.

로란트
레벨 : 195
직책 : 이스룬 함대 제3 함장.

'……'

그리고 이안은 말을 잃었다.

195레벨이라는 어마어마한 수치를 확인하자, 그렇지 않아도 험상궂은 그의 외모가 거의 흉악범 수준으로 보였다.

"바, 반갑습니다. 이안이라고 합니다."

함장과 악수를 나눈 이안은 배를 타기 위해 걸음을 옮겼다.

그리고 그의 옆에 바짝 붙어서 따라오던 세리아가 이안의 귀에 대고 아주 작은 목소리로 말했다.

"영주님, 저 사람 좀 무서워요……."

이안 역시 그녀의 말에 격하게 동의했다.

"나도……."

그렇게 이안은 카일란을 하면서 처음으로 배에 몸을 실었다.

심지어 이것은 진성의 생애 첫 항해였다.

그그긍ㅡ!

음습한 기운이 일렁이는 지하 뇌옥.

듣기 거북한 쇳소리와 함께 철문이 횡으로 열렸다.

"카이자르, 이제 포기할 때가 되지 않았나? 루스펠에선 네 놈을 잊었다."

어두침침한 석옥 한가운데 사지가 묶인 채 한 남자가 앉아 있었고, 은빛 갑주로 온몸을 무장한 사내가 그의 앞에 다가

가 말을 걸었다.

은빛 갑주의 사내는 라크로뮤라는 이름을 가진 카이몬 제국의 기사단장이었다.

"웃기는 소리. 그럴 일은 없을뿐더러, 설령 그렇다 하더라도 상관없다."

카이자르는 앉은 채 걸걸한 목소리로 대꾸했고, 라크로뮤는 그 옆에 아무렇게나 놓여 있는 석좌에 걸터앉았다.

"십 년이 지났다. 그리고 얼마 전 칼라비어스 협곡의 안개가 걷힐 것이라는 신탁이 내려왔지."

"……!"

신탁이라는 말에 그간 미동도 없던 카이자르의 고개가 살짝 들어 올려졌다.

길게 자란 백발이 얼굴 전체를 가려서 그의 표정이 제대로 보이지는 않았지만, 머리카락 사이로 보이는 눈동자에는 묘한 빛이 어려 있었다.

"또다시 피의 전장이 열리려는가……."

자조적인 목소리로 중얼거리는 카이자르였다.

라크로뮤가 다시 입을 열었다.

"네가 우리를 돕는다면, 이번 기회에 콜로나르 대륙을 일통할 수도 있을 것이다, 카이자르."

라크로뮤는 뜨거운 열망을 담아 카이자르를 설득했다.

하지만 카이자르는 피식 웃을 뿐이었다.

"웃기지 마라, 라크로뮤. 전장은 한두 명의 힘으로 좌지우지할 수 있는 곳이 아니다."

그리고 그의 입꼬리가 슬쩍 말려 올라갔다.

"루스펠에는 내가 없더라도 헬라임이 있고, 그리퍼가 있다. 네놈 생각처럼 그렇게 호락호락한 곳이 아니야."

쏴아아ㅡ.

물살을 가르는 상쾌한 소리가 들려왔다.

콜로나르 대륙 남부와 이어진 바다에는 '콜론해'라는 이름이 붙어 있다.

그리고 지금, 콜론해 한복판에는 세 척의 배가 떠 있었다.

본래 돛에 커다란 루스펠 제국의 문양이 그려져 있던 전함이었지만, 지금은 세 척의 갈레온선이 상선으로 위장해 그 자리를 채우고 있다.

그중 가장 선두의 갈레온선 갑판에 한 남자가 새하얗게 질린 얼굴로 주저앉아 있었다.

"으…… 으으……."

그는 다름 아닌 이안이었다.

이안은 극심한 뱃멀미로 얼굴이 새하얗게 질려 있었다.

그 옆으로 다가온 뿍뿍이가 이안을 비웃었다.

뿍- 뿌뿍-!

"뭐 인마, 형 지금 화 낼 힘도 없으니까 저리 좀 가 있어."

이안이 귀찮다는 듯 손을 휘휘 젓자, 뿍뿍이 새침한 표정으로 이안을 째려보았다.

뿍!

"넌 지금 내가 방금 소환해서 멀쩡한 거지, 너도 곧 있으면 멀미할걸."

이안의 저주에도 뿍뿍이는 바다거북인 자신이 뱃멀미 같은 것을 할 리 없다는 듯 거만한 표정을 지어 보였다.

뿌욱-!

신나서 갑판을 이리저리 기어 다니는 뿍뿍이를 보며, 이안은 한숨을 푹 내쉬었다.

'아니, 무슨 이 미친 게임은 뱃멀미까지 구현이 되어 있는 거야?'

이안은 혹시나 하는 마음으로 선미에 서 있는 선원 하나를 불렀다.

"저기요."

"네, 남작님."

"혹시 뱃멀미 약 같은 게 있나요?"

이안은 물어보면서도 큰 기대는 갖지 않았다.

'그런 게 있을 리 없잖아.'

그런데 선원이 고개를 끄덕이는 것이 아닌가.

"아, 네 물론 있습죠. 잠시만 기다려 주십시오."

"가, 감사합니다."

이안의 안색이 살짝 밝아졌다.

하지만 선원이 들고 나온 것을 확인한 순간, 다시 얼굴색이 새파랗게 질릴 수밖에 없었다.

'이거…… 생강 아니야?'

옛날부터 뱃사람들이 멀미를 피하기 위해 전통적으로 사용했다는 멀미약인 생강.

하지만 초딩 입맛인 이안에게 생강은 사약이나 다름없었다.

안색이 더 안 좋아진 이안을 보며, 선원이 걱정스런 표정으로 물었다.

"남작님, 괜찮으십니까?"

"거, 걱정 말고 가 보세요."

일단 생강을 받아 들긴 했는데, 아직 마음의 준비가 되지 않은 이안은 선원을 돌려보내고 고뇌에 빠졌다.

'이걸…… 먹어야 해, 말아야 해?'

그런데 그때…….

철썩-!

커다란 파도가 배에 부딪히며 배가 크게 출렁이자, 이안은 순간 몸 속 깊은 곳에서 구역질이 올라오는 것을 느꼈다.

'큰일 났다!'

남작씩이나 되어서 갑판에다가 토악질을 할 수는 없는 노릇이었다.

이안은 젖 먹던 힘까지 쥐어 짜 화장실로 달려갔다.

그리고 헛구역질을 좀 하고 나니 멀미가 좀 괜찮아지는 것을 느꼈다.

'후우, 생애 첫 뱃멀미를 카일란에서 하게 될 줄이야……'

그리고 갑판으로 올라오니, 함장인 로란트가 바깥에 나와 있는 것이 보였다.

"함장님, 이제 얼마나 더 가면 될까요?"

"아, 남작님, 이제 거의 다 왔습니다. 반나절 정도만 더 가면 될 겁니다."

반나절이라는 말에 이안은 다시 절망했다.

'생강……이라도 먹어야 하나.'

결국 이안은 선원에게서 받은 생강을 잘근잘근 씹으며 가장 흔들림이 적은 선체의 중간 쪽에 걸터앉았다.

그때, 갑판에서 신나게 놀던 뿍뿍이가 누렇게 뜬 얼굴로 기어오는 것이 이안의 눈에 들어왔다.

이안은 피식 웃었다.

'신나서 기어 다니더니만.'

힘없는 표정을 하고 이안의 옆에 다가온 뿍뿍이를 보며, 이안은 왠지 모르게 힘이 나는 것을 느꼈다.

"뿍뿍아."

뿍……?

"힘드냐?"

뿍뿍ㅡ.

"나도 힘들다…….."

세 척의 갈레온선은 정확히 반나절이 걸려 파스칼 군도 인근에 도착할 수 있었다.

하지만 이안에게는 뱃멀미에 이은 새로운 난관이 찾아왔다.

"여기부터 혼자 가야 한다고요?"

"혼자는 아니고, 저 잠입용 수송선에 탈 수 있는 인원이 최대 다섯이니, 네 명을 더 데리고 가실 수 있습니다."

"……."

이안은 속으로 구시렁거렸다.

'그리핀 부화퀘 할 때처럼 버스 좀 타나 싶었는데…….'

불모지의 150레벨이 넘는 몬스터들을 쓸고 다니던 헬라임의 기사단이 생각난 이안은 입맛을 다셨다.

'일단 세리아는 데려가야 하니 남은 자리는 셋…….'

이안은 일단 폴린을 선택했다.

배에 승선한 선원들 중에 함장인 로란트를 제외하면 폴린보다 레벨이 높은 이는 존재하지 않았기 때문이었다.

그리고 이안의 시선이 로란트를 향했지만, 로란트는 고개를 저었다.

"전 안됩니다, 남작님. 전 여기서 따로 할 일이 있습니다."

"으음…."

로란트를 제외하면 나머지 선원들의 레벨은 130~140 사이로 고만고만했기 때문에 이안은 눈에 보이는 선원들 중 가장 험악하게 생긴 선원 둘을 골라 잠입용 수송선에 올랐다.

'저렇게 생겨서 못 싸울 리 없어.'

선원을 고른 이안의 근거였다.

"여기, 이건 파스칼 군도의 약도입니다."

지도를 건네준 로란트는 파스칼 군도에 대해 제법 상세히 설명해 주었다.

그리고 다행히도 지도에는 파스칼 뇌옥이 있는 위치가 정확히 표시되어 있었다.

"그런데 함장님, 포로를 구출한 다음엔 어떻게 합니까? 이 작은 수송선에 포로들을 태워 올라올 수는 없지 않을까요?"

너무도 당연한 이안의 질문.

로란트는 고개를 끄덕이며 대답했다.

"물론입니다. 남작님께선 뇌옥 어딘가 갇혀 있는 포로들을 최대한 풀어 주신 뒤, 이 화탄을 허공으로 쏘아 올려 주시면 됩니다."

이안은 로란트가 내민 작은 기계식 석궁같이 생긴 물건을 받았다.

-'로란트의 신호탄' 아이템을 획득하셨습니다.

그리고 로란트의 말이 이어졌다.

"신호가 터지면 제가 남작님을 모시러 갈 겁니다."

"아, 알겠습니다."

이제 대략적으로 퀘스트가 어떻게 진행될지 감이 온 이안은 고개를 끄덕이며 배를 출발시켰다.

멀어지는 이안을 보며 로란트는 살짝 고개를 숙여 보였다.

"그럼, 무운을 빕니다, 남작님."

"예, 뭐……."

이안은 소환수를 최대한 활용했다.

배에서 이안이 정찰용으로 활용할 수 있는 소환수는 둘이었다. 하나는 이안의 소환수인 핀이었으며, 하나는 세리아의 소환수인 블루 와이번이었다.

"핀아, 위쪽으로 올라가서 정박하기 좋을 만한 위치로 안내 좀 해 줄래?"

이안의 명령에 핀은 꾸룩거리며 허공으로 날아올랐다.

그리고 그것을 본 폴린이 놀란 표정이 되었다.

"아니, 남작님. 혹시 전설의 그리핀……입니까?"

이안은 순간 뜨끔한 표정이 되어 고개를 끄덕였다.

"아, 그렇습니다. 우연한 기회에 얻을 수 있었죠."

그 말에 폴린은 고개를 끄덕였다.

"역시 멋지군요, 그리핀. 황제께서 기르고 계신 그리핀을 먼발치서 한번 본 적이 있는데, 그 녀석은 아직 저렇게 크지 않던데…….”

이안의 핀과 달리 황제의 그리핀은 황실 안, 안락한 환경 속에서 곱게 자랐을 것이었다.

그러다 보니 성장이 더뎠을 터.

이안은 속으로 안도의 한숨을 쉬었다.

'크기까지 비슷했으면 오해받을 수도 있었겠어. 제국 소속의 NPC들 앞에서는 핀을 소환하는 걸 좀 조심해야겠다.'

어찌 되었든, 핀과 블루 와이번의 도움으로 이안 일행은 무사히 지도에 표시된 섬에 배를 정박시킬 수 있었다.

일행이 내린 곳은 뒤쪽으로 숲이 우거져 있는 해안가였다.

“저긴가 봐요, 영주님.”

가장 먼저 배에서 내린 세리아가 풀숲 사이로 언뜻언뜻 보이는 커다란 성곽을 가리키며 말했다.

그리고 그것을 본 이안은 조금 황당한 표정이 되었다.

'찾기 힘들게 숨겨져 있을 줄 알았는데, 대놓고 있잖아?'

이어서 불안한 감정이 엄습했다.

'이렇게 쉽게 풀릴 땐 꼭 뭔가 함정이 있던데…….'

뒤이어 내린 폴린이 입을 열었다.

“남작님, 이 숲을 가로질러 뒤쪽으로 들어가면 될 것 같습니다.”

폴린은 손가락으로 지도의 한 부분을 가리키며 말을 이었다.

"등고선이 역순으로 겹치는 걸로 봐서, 이쪽으로 올라가면 성벽을 쉽게 넘을 수 있을 것 같군요."

이안은 명석한 폴린의 인공지능에 감탄하며 일행을 이끌고 숲을 오르기 시작했다.

공략왕 이벤트의 결과가 나왔다.

그리고 그것은 당연히 로터스 길드의 압도적인 1위였다.

로터스 길드 공략의 득점은 무려 500점 만점이었고, 2위 공략의 득점은 260점 정도밖에 되지 않았으니, 거의 두 배 차이 나는 점수였다.

영주성에 마주앉은 피올란과 헤르스는 행복한 표정으로 공략왕 이벤트의 상품들을 수령했다.

물론 1위 상품 중 가장 중요한 캡슐이야 미리 적어 놓은 주소에 직접 배송되는 것이었지만, 그 외 다른 상품들은 해당 길드의 영주성으로 보내져 왔기 때문이다.

"와, 길드 명성 30만에 수수께끼 상자라니. 이것도 은근 쏠쏠한데요?"

피올란의 말에 헤르스는 고개를 끄덕였다.

"그러게요, 수수께끼 상자는 한 사람당 한 개인 줄 알았는데, 두 개 씩이나 주네요?"

"네, 그런데 하나는 아이템 상자고 하나는 골드 상자니까……."

헤르스는 수수께끼 상자의 정보를 열어 보았다.

신비한 수수께끼 상자 (골드)

100골드~500만 골드 사이의 금화가 들어 있는 상자이다.
열어 보기 전에는 알 수 없다.

그리고 인상이 구겨졌다.

"이거 너무하는데요? 100골드에서 500만골드라니…… 갭이 너무 큰 거 아니에요?"

헤르스의 투덜거림에, 피올란이 피식 웃으며 대꾸했다.

"설마 100골드 나오겠어요?"

"아니, 아무리 그래도……."

"그것보다 아이템 상자가 더 대박이에요. 아까 카윈 님 보니까 이거 까서 보리빵 먹었던데요."

"걔는 벌써 깠어요?"

"네, 받자마자 바로 깠나 보더라고요. 그래도 골드 상자에서는 130만 골드 먹었다고 신나하시던데."

헤르스는 침을 꿀꺽 삼켰다.

'130만골드라니…… 나도 그 정도만 먹었으면 소원이 없겠다.'

헤르스는 인벤토리에서 먼저 골드 상자를 꺼내었다.

"피올란 님, 저 먼저 까 봅니다."

"오케이, 난 헤르스 님 까는 거 보고 나서 열어야지."

그리고 헤르스는 떨리는 손으로 수수께끼 상자에 손을 올렸다.

"오픈!"

그러자 수수께끼 상자가 새하얀 빛에 휩싸이며 허공으로 떠올랐다.

피올란과 헤르스의 두 눈이 상자를 향해 고정되었다.

그리고…….

띠링-.

-유저 '헤르스'가 '신비한 수수께끼 상자'를 열어 1,240골드를 획득했습니다.

시스템 메시지를 본 헤르스의 입에서 괴성이 튀어나왔다.

"으아아아!"

그것을 본 피올란은 남 일 같지 않아 불안했지만, 그래도 자꾸만 새어나오는 웃음을 막을 수는 없었다.

"푸후훗, 헤르스 님 운 정말 없으시네요. 1,200골드라니. 어떻게 100에서 500만 사이의 숫자 중에 천이백이…….."

그리고 이어서 상자를 오픈한 피올란.

헤르스는 더욱 절망할 수 밖에 없었다.

-유저 '피올란'이 '신비한 수수께끼 상자'를 열어 3,974,505골드를

획득했습니다.

피올란이 획득한 골드는 헤르스의 수천 배인 4백만 골드에 육박했기 때문이다.

헤르스는 허탈감에 바닥에 주저앉았다.

"하아……."

그리고 피올란이 헤르스를 위로했다.

"힘내요, 헤르스 님……."

하지만 4백만 골드를 얻은 피올란의 위로가 효과가 있을리 없었다.

"제기랄, LB소프트 기획자들 월급 제도를 바꿔야 돼요."

"네?"

"신비한 카일란의 월급 상자 같은 걸 만들어서 월급도 랜덤 지급을 해야 돼요."

"……."

"한 2만원~1천만 원 이렇게요. 월급으로 2만 원 받아 봐야 정신 차리지."

파스칼의 뇌옥은 무척이나 복잡한 구조를 가지고 있었다.

뇌옥에 잠입하자마자 나타난 세 갈래 길에, 이안은 잠시 생각한 뒤 입을 열었다.

"오른쪽 길로 한번 가 보자."

그 말에 폴린이 의아한 표정으로 되물었다.

"남작님, 길을 아세요?"

"아뇨, 모르죠."

"……?"

"하나씩 다 가 보면 맞는 길을 찾을 수 있겠죠, 뭐."

태연한 이안의 말에 일행은 고개를 절레절레 저었지만, 딱히 묘책이 있는 것도 아니었기에 일단 그의 말대로 움직였다.

하지만 그들은 곧 그것이 잘못된 선택임을 알 수 있었다.

"이거…… 무슨 미로도 아니고, 너무한 거 아냐?"

이안의 중얼거림은 모두의 심정을 대변했다.

갈래 길이 연이어 계속해서 나타난 것이었다.

경우의 수가 너무 많아지다 보니, 도저히 이안의 말처럼 길을 하나하나 확인해 가며 옳은 길을 찾을 수 있는 상황이 아니었던 것이다.

"잠시 앉아서 생각을 좀 해 보죠."

이안의 말에 폴린이 한숨을 푹 쉬었다.

"생각한다고 뭐가 나올까요?"

"그건 모르죠."

이안은 등에 메고 있던 뿍뿍이를 내려놓았다.

그리고 뿍뿍이를 본 순간, 이안은 뭔가 떠오르는 것이 있었다.

"아, 어차피 감으로 길을 찾아야 한다면 뿍뿍이를 한번 따라가 볼 까요?"

이번엔 잠자코 있던 세리아가 물었다.

"뿍뿍이요? 아, 그 머리 큰 거북이!"

세리아의 말에 등껍질에서 머리를 빼꼼 내민 뿍뿍이가 세리아를 째려봤다.

찌릿-.

하지만 세리아는 아랑곳 않고 다시 입을 열었다.

"그런데 이 거북이가 길을 잘 찾아요?"

"음…… 가끔 생각지도 못하게 미발견 던전 같은 걸 찾아내거든."

"아…….."

이안은 뿍뿍이의 앞에 쪼그려 앉아 입을 열었다.

"뿍뿍아."

뿍-.

"형이 지금 길을 잃었거든."

길을 잃었다는 말에, 뿍뿍이가 비웃음을 날렸다.

뿌뿍-.

"길 좀 찾아 줘라, 뿍뿍아. 잘 찾으면 미트볼 원 없이 먹여 줄게, 어때?"

이안이 지금껏 제안한 적 없었던 미트볼 백지수표에 뿍뿍이의 두 눈이 휘둥그레졌다.

뿍뿍一!

그 모습을 본 이안은 속으로 중얼거렸다.

'포로들이 갇혀 있는 장소에 미트볼이라도 쌓여 있었으면, 뿍뿍이가 냄새 맡고 잘 찾아갈 텐데 말이야.'

그때 세리아에 비해 비교적 똑똑한 폴린이 이의를 제기했다.

"그런데 이 거북이가 뭘 찾아야 하는지는 알까요?"

"아뇨, 당연히 모르겠죠."

"그럼 어떻게……?"

"제게 생각이 있습니다."

이안은 뿍뿍이를 향해 다시 시선을 돌렸다.

"뿍뿍아, 우리 말고 다른 사람이 있는 곳을 찾아 줘. 아무나 찾기만 하면 돼."

뿍一.

이안의 의중을 알 수는 없었지만, 어쨌든 일단 뿍뿍이에게 선두를 맡긴 일행은 움직이기 시작했다.

그렇게 10분 정도가 지났을까?

뿍뿍이의 능력인지 아니면 운인지, 전방 멀찍한 곳에 카이몬 제국의 문양이 그려진 갑주를 입고 있는 한 무리의 병사들이 나타났다.

"찾긴 찾았네요, 포로들을 찾은 건 아니지만……. 아무래도 조용히 지나가긴 힘들 것 같습니다, 남작님."

폴린의 말에 이안은 고개를 끄덕였다.

"그러네요."

이안이 뿍뿍이에게 사람을 찾으라고 한 목적은, 물론 포로를 찾아내는 것이 가장 이상적인 시나리오였다. 하지만 처음부터 포로를 찾아낼 수 있을 것이라는 생각은 하지 않았고, 이것은 이안이 예상했던 전개였다.

'좋아, 한번 시작해 볼까?'

확인된 병사들의 레벨은 130남짓.

일행보다는 대체로 높은 레벨이었지만, 폴린의 레벨이 워낙 높았기 때문에, 싸워볼 만하다는 판단이 들었다.

이안의 전투력도 일반적인 120레벨대 초반이라고 보기에는 무리가 있었으니.

"세리아, 직접적으로 공격에 가담하진 말고, 소환수들 치유를 우선적으로 해 줘. 알겠지?"

세리아는 방긋 웃으며 고개를 끄덕였다.

"네, 영주님!"

그리고 이안은 지금껏 조용히 뒤를 따라오던 두 선원들에게 얘기했다.

"전투가 시작되면 분명 침입을 알리기 위해 이탈하는 인원이 한둘 정도 있을 겁니다. 두 사람은 그를 쫓아 주세요."

"도망치지 못하게 하면 되는 것이죠?"

한 선원의 말에 이안은 고개를 저었다.

"아뇨, 도망칠 수 있게 해 주고 그 뒤를 쫓으면서 가는 길에 표식을 남겨 주세요."

이것이 바로 이안이 노렸던 계획이었다.

그리고 이안이 처음 뇌옥에 잠입했을 때부터 생각했던 작전이었다.

도망치는 병사들을 따라가 포로들이 갇혀 있는 위치를 찾으려 한 것이다.

그동안은 카이몬 소속 NPC가 하나도 등장하지 않아서 써먹을 방법이 없었고, 그래서 뿍뿍이에게 아무나 찾으라 했던 것이었다.

이안의 밀을 곧바로 이해한 선원들이 고개를 끄덕이며 대답했다.

"예, 남작님!"

그제야 이안의 생각을 이해한 폴린도 고개를 주억거렸다.

"역시, 폐하의 신뢰를 받으시는 이유가 있었군요. 좋은 계획입니다."

그리고 곧바로 전투가 시작됐다.

뇌옥의 공간 자체가 너무 좁아서 덩치가 큰 떡대는 소환할 수 없었고, 나머지 소환수들을 전부 다 소환한 이안은 곧장 병사들을 향해 달려들었다.

"침입자다!"

그리고 이안 일행을 발견한 병사들은 곧바로 마주 공격해

왔다.

"라이, 할리, 안쪽으로 파고들어!"

상대적으로 숫자가 많은 병사들이 대열을 갖추면 상대하기 까다로울 것이 분명했기 때문에, 이안은 일단 전장을 난전으로 만들어야 한다고 생각했다.

크허엉-!

역시 이안의 소환수들 중 가장 압도적인 존재감을 보여 주는 건 라이였다.

-소환수 '라이'가 '파스칼 뇌옥 간수병'에게 치명적인 피해를 입혔습니다.

-'파스칼 뇌옥 간수병'의 생명력이 15,640만큼 감소합니다.

라이는 갑작스런 습격에 우왕좌왕하는 간수병들의 사이를 마음껏 휘젓고 다녔다.

천장이 낮은 공간 탓에 마음껏 날아다닐 수 없는 핀은 생각보다 큰 활약을 벌이고 있지 못했지만, 그럼에도 불구하고 전황은 압도적이었다.

전방을 향해 모든 정령 마력을 쏟아 부은 이안의 시선이 폴린을 향했다.

'어디 170레벨대 황실 기사는 얼마나 잘 싸우는지 볼까?'

그리고 이안이 확인한 폴린의 전투력은 그야말로 압도적이었다.

길다란 창을 휘두르며 130레벨대의 병사들을 어린아이 다

루듯 하는 황실기사의 위용에, 이안의 입에서는 저도 모르게
감탄사가 흘러나왔다.

"오오……."

'저런 NPC 하나만 가신으로 들일 수 있으면…….'

헬라임과 비교할 정도는 아니었지만 레벨 값하는 폴린의
모습에 이안이 입맛을 다셨다.

그런데 그때, 폴린의 창극에 맺힌 누런 기운이 크게 일렁
이며 커다란 기운이 솟구치기 시작했다.

"흐으읍!"

그리고 폴린이 창극을 바닥에 내려치자, 황금빛의 기운이
사방으로 퍼져나갔다.

콰아앙-!

커다란 굉음과 함께 이어지는 정적.

폴린의 창끝에서 뻗어 나온 광역 공격에 당한 모든 카이몬
제국의 간수병들이 잿빛으로 변해 버렸기 때문이었다.

물론 전투가 어느 정도 진행된 상황이었기에 생명력이 최
대치까지 가득 차 있는 병사는 없었지만, 단 한 방에 모두가
전멸해 버린 것은 충분히 놀라운 광경이었다.

'이거…… 사기 아냐?'

정확히 얼마 정도 대미지가 들어갔는지 알 수는 없었지만,
어림잡아 3만 이상은 깎여 나가는 듯한 병사들의 생명력을
보며, 이안은 혀를 내둘렀다.

그리고 이 엄청난 광경을 만들어 낸 장본인인 폴린이 멋쩍은 표정으로 이안에게 다가왔다.

"저…… 남작님, 다 죽어 버렸는데 어쩌죠?"

폴린의 목소리에 멍해 있던 이안은 정신을 차렸다.

그리고 어정쩡한 자세로 서 있는 두 명의 선원이 눈에 들어왔다.

"남작님, 살아서 도망간 간수병이 없습니다!"

"……."

예상치 못했던 상황에 잠시 당황했던 이안은, 뿍뿍이를 향해 고개를 돌렸다.

그리고 한숨을 푹 쉬었다.

"휴우……. 뿍뿍아, 다시 찾아보자."

뿍뿍─.

뿍뿍이가 자신감 넘치는 표정으로 앞장섰고, 일행은 다시 뿍뿍이를 따라 움직이기 시작했다.

계획은 조금 틀어졌지만, 그래도 폴린이 생각보다 더 엄청난 전력이라는 것을 알게 되었다는 것이 적잖은 위로가 되었다.

진성의 집.

"오오……!"

원룸에 들여온 신형 캡슐을 보며, 진성은 황홀한 표정이 되었다.

"그렇게 좋냐?"

공략 왕 이벤트의 보상으로 얻은 세 대의 캡슐 중, 가장 먼저 배송된 한 대는 당연히 진성의 집으로 도착했다.

캡슐의 크기나 무게가 혼자 움직이기 어려운 수준이었기 때문에, 유현이 설치를 도와주기 위해 진성의 집에 함께 온 것이다.

신형 캡슐이 궁금하다며 따라온 하린은 덤이었다.

"좋지 그럼 안 좋냐? 나한테 감사해라, 인마."

"물론. 네 덕에 이런 초호화 캡슐도 얻어 보고, 흐흐."

남은 두 대의 캡슐 중 한 대는 길드마스터인 유현에게로, 나머지 한 대는 이안과 함께 던전을 돌면서 지대한 공을 세운 피올란에게로 돌아갔다.

그 때문에 하는 말이었다.

하린도 부러운 표정으로 말했다.

"좋겠다. 나는 구형 캡슐이라도 갖고 싶은데……."

그 말에 유현이 의아한 표정으로 물었다.

"응? 하린이, 너 캡슐 없어?"

"응, 없어."

"그럼 항상 캡슐방 가서 게임하는 거였어?"

진성도 제법 놀란 표정이 되었다.

캡슐방에서만 플레이하는 거 치고는 하린의 레벨이 엄청 높게 느껴졌기 때문이었다.

"에, 정말이야? 근데 캡슐방에서만 하는 거 치고는 하린이도 접속 시간 되게 긴데……."

두 사람의 말에 하린은 웃으며 고개를 저었다.

"아니, 캡슐방에서만 하는 건 아니고, 사촌동생네 집에 캡슐이 두 대 있는데 낮 시간에는 보통 내가 가서 쓰거든. 하나가 이모 거라서. 이모가 낮에는 일 나가셔서 집에 안 계셔."

그제야 납득이 됐다는 듯, 진성과 유현이 고개를 끄덕였다.

"하긴…… 캡슐방 가격이 오죽 비싸야지. 그 돈 내고 캡슐방 쓸 바엔 그냥 한 대 사는 게 나으니깐. 우리 같은 헤비 유저들은."

그리고 진성이 하린을 보며 입을 열었다.

"하린아, 그럼 내가 원래 쓰던 캡슐 너 줄까?"

진성의 파격적인 제안에, 하린과 유현이 조금 놀란 표정이 되었다.

구형이라고는 하지만 진성이 쓰던 캡슐도 중고로 팔면 2~3백만 원 정도는 받을 수 있기 때문이다.

하지만 수천 만 원짜리 신형 캡슐로 한껏 기분이 좋아진 진성에게 중고 캡슐을 팔아서 얻을 수 있는 2~3백만 원은 그리 크게 느껴지지 않았다.

'중고 장터에 팔려고 기웃거리는 시간에 사냥을 하는 게 더 이득이지.'

어쩌면 귀찮음이 더 컸는지도 모른다.

한편 의외의 제안에 잠시 당황했던 하린은 감격한 얼굴로 되물었다.

"정말? 이거 나 가져도 돼?"

진성은 순간 아주 조금 고민했지만, 쿨하게 고개를 끄덕였다.

"그래, 너 써, 하린아."

그러자 옆에 서 있던 유현이 장난기어린 표정으로 진성을 놀렸다.

"오, 박진성! 여자친구라고 챙겨 주는 거냐?"

여자친구라는 말에 잠시 움찔한 진성이었지만, 곧 멋쩍은 웃음으로 어색함을 무마했다.

"하⋯⋯ 하하⋯."

그런데 그때, 하린이 의외의 말을 꺼내었다.

"고맙기는 한데 생각해 보니 나 이 캡슐 못 받을 것 같아."

그에 당황한 진성과 유현이 동시에 물었다.

"아니 왜?"

"왜?"

"음, 그게⋯⋯ 우리 집에 캡슐이 없는 이유가, 아버지께서 게임하는 걸 좀 많이 싫어하셔서 그런 거거든. 돈이 없어서 못 샀던 게 아니고…….”

“아…….”

안타까운 하린의 말에 진성과 유현은 안쓰러운 표정으로 고개를 끄덕였다.

특히 진성은 깊이 공감하고 있었다.

‘그 심정 잘 알지.’

어찌 보면 진성이 악착같이 대학 공부를 한 이유도, 게임을 싫어하는 부모님으로부터 벗어나기 위한 것이었으니, 진성으로서는 무척이나 동질감이 들었던 것이다.

“그럼 어쩌나…… 이거 팔아야 하나?”

진성이 중얼거렸다.

그때 하린이 은근슬쩍 진성의 옆으로 다가가 팔을 잡아끌었다.

“아니, 팔지는 마.”

“에…… 그럼?”

“그냥 네 방에 캡슐 두 개 두자. 방 넓어서 자리도 충분하네.”

“응? 두 개 둬서 뭐해. 혼자서 캐릭터 두 개 돌릴 수 있는 것도 아니고.”

그 물음에 하린이 은근슬쩍 진성의 팔짱을 끼며 대답했다.

“앞으로 내가 여기 와서 게임하게.”

그와 동시에 경악에 찬 목소리가 터져 나왔다.

"에엑!"

그것은 유현의 목소리였다.

"아니, 하린아. 그, 그러니까 진성이네 집에 매일 와서 게임하겠다고?"

당황한 것은 진성도 마찬가지였다.

"야, 너 남자 혼자 사는 집에 그……렇게 매일 오고 그러면…….”

하지만 다음 순간, 두 사람은 말을 잃을 수밖에 없었다.

하린이 진성의 코앞으로 다가와 얼굴을 들이밀었기 때문이다.

"왜, 그럼 뭐 어때서? 네가 날 덮치기라도 할 거야?"

이안 그리고 절대자들

Taming
Master

파스칼 뇌옥의 중심부로 들어갈수록, 간수병들의 숫자는 많아졌고, 중간중간 강한 적들도 섞이기 시작했다.

특히 간수장이나 장교급의 NPC가 등장할 때면 제법 애를 먹는 경우도 있었다.

하지만 이안은 콧노래를 흥얼거리고 있었다.

"경험치 한번 죽여주네."

파스칼 뇌옥의 NPC들은 무슨 이유 때문인지는 모르겠지만, 아이템이나 골드를 드롭하지는 않았다.

대신 동레벨대 일반 몬스터의 몇 배에 달하는 막대한 경험치를 쏟아내었다.

덕분에 이안의 레벨은 어느새 122.

하루 종일 전투에 전투만 거듭하며 목적지에 도달하지 못했음에도 이안의 기분이 좋은 이유였다.

'게다가 이거, 신형 캡슐 동화율이 확실히 체감되잖아?'

신형 캡슐의 가상현실 동화율은 구형 캡슐보다 2퍼센트 정도가 높다고 알려져 있었다.

기분 탓일지도 모르지만, 이안은 확실히 움직임이 더 가벼워진 것을 느끼고 있었다.

'바로 옆에서 게임하고 있을 하린이가 조금 신경 쓰이긴 하지만……'

캡슐 설치를 마친 후 유현은 집으로 돌아갔고, 하린은 진성의 구형 캡슐로 게임을 좀 하다 가겠다며 게임에 접속해 버렸다.

항상 혼자였던 자신의 집 안에 하린이 같이 있으니 신경 쓰이지 않을 수 없는 노릇.

'그래도 왠지 혼자 있는 것보단 기분이 좋긴 하네. 이따가 저녁이나 같이 먹을까?'

이런저런 생각을 하며 여러모로 기분 좋게 퀘스트를 진행하고 있던 그때, 폴린이 무언가를 발견한 듯 걸음을 멈춰 섰다.

"남작님, 드디어 찾은 것 같습니다."

그리고 코너를 돌자, 이안의 눈에도 감옥의 입구를 막고 있는 거대한 쇠창살이 들어왔다.

거의 10미터는 되어 보이는 높다란 쇠창살, 그리고 그 앞에는 카이몬 제국의 문장이 그려진 제복을 입은 NPC들이 어슬렁거리고 있었다.

"상급 간수병 셋에, 장교가 둘이나……. 지금까지보다 확실히 전력이 강해졌어요, 영주님."

세리아의 말에 이안은 고개를 끄덕였다.

"그렇긴 하네. 그런데 상관없어."

이안은 씨익 웃으며 천정을 가리켰다.

"이젠 떡대도 소환할 수 있고, 핀도 제대로 싸울 수 있을 테니까."

감옥의 중심부로 들어오면서 탁 트인 공간이 나온 것이다.

중정이 뻥 뚫려 있을 뿐 아니라 커다란 콜로세움 같은 구조로 되어 있어서, 소환수들이 제 힘을 발휘할 수 있게 되었다.

덕분에 이안은 자신만만해졌다.

"폴린, 지금까지 싸웠던 것처럼 가장 강한 적들을 좀 묶어주세요. 그럼 제가 최대한 빨리 나머지 적들을 정리하고 돕도록 하죠."

"알겠습니다, 남작님."

라이의 무력이 압도적으로 강력해지면서 대인 전투에서의 전투력도 제법 강해진 이안이었지만, 아직까지 이안의 능력은 다수를 상대로 전투할 때 더욱 빛났다.

"그리고 이제부턴 아마 정면으로 뚫어야 할 것 같은데……."

이안의 말에 폴린이 고개를 끄덕였다.

이 넓은 곳에서 전투가 벌어지는 순간, 그들이 뇌옥에 침입했다는 것이 알려질 수밖에 없을 것이다.

"아무래도 그렇겠죠."

"그렇다면 속전속결!"

이안은 두 선원에게 로란트에게서 받은 신호탄을 건네었다.

"여기를 뚫는 순간, 내가 안쪽으로 잠입해서 포로들을 풀어 주는 작업을 시작할 거야. 그럼 이 신호탄을 허공으로 쏘아 올려 줘."

"알겠습니다, 남작님."

이안은 할리를 제외한 모든 소환수를 소환했다.

할리는 잠시 후 안쪽으로 진입할 때 소환할 생각이었다.

"가죠."

이안의 짧은 말 한 마디와 함께, 지금까지 해 왔던 것처럼 일행은 각자의 포지션을 잡고 신속하게 움직였다.

"라이, 병사들부터 잡자!"

-알겠다. 주인.

레이크의 브레스가 가장 먼저 적들을 덮쳤고, 라이가 뛰어들어 생명력이 많이 깎여 나간 병사들을 도륙하기 시작했다.

촤아악-!

간수병들이 입고 있던 가죽 갑옷은 라이의 날카로운 발톱에 무참히 찢겨 나갔고, 비교적 전투력이 강한 장교급 NPC

들은 폴린이 훌륭히 상대해 주고 있었다.

"전류 증식!"

이안보다 레벨대가 많이 높은 적들이었기에 전류 증식의 대미지가 효과적으로 박히는 편은 아니었지만, '마비' 효과만큼은 여전히 쏠쏠했다.

–'전류 증식' 스킬을 명중시켰습니다. '파스칼 뇌옥 간수병'에게 4,172의 피해를 입혔습니다.

–'파스칼 뇌옥 간수병'이 '마비' 상태에 빠집니다.

–'파스칼 뇌옥 간수병'의 움직임이 30퍼센트 느려지며, '전격'속성의 공격에 50퍼센트의 추가 피해를 입습니다.

–'전류 증식'의 재사용 대기 시간이 초기화됩니다.

전류 증식 스킬은 적의 숫자가 많을수록 추가타의 빈도수가 높아지기 때문에, 더욱 효과적으로 발동한다.

마비가 발동해 발이 묶인 병사들을 상대로, 일방적인 학살이 시작되었다.

'퀘스트 깨는 거 좀 미루고 여기서 사냥이나 더 할까.'

쏠쏠한 경험치에 잠시 퀘스트를 미룰 생각까지 들 정도였다.

하지만 이안도 처음부터 이렇게 쉬이 전투할 수 있었던 것은 아니었다.

거듭되는 전투로 병사들의 움직임 패턴이 익숙해졌고, 무엇보다 폴린과의 합이 갈수록 잘 맞아떨어졌기에 나타나는 시너지였다.

게다가…….

–소환수 '떡대'가 치명적인 피해를 입었습니다.

–'떡대'의 생명력이 8,764만큼 감소합니다.

집중된 공격으로 인해 소환수의 생명력이 떨어질 때면…….

"소환수 치유술!"

후방에서 버프를 걸며 지원하던 세리아의 고유 스킬인 '소환수 치유술'이 발동되었다.

–가신 '세리아'가 '소환수 치유술'을 시전합니다.

–소환수 '떡대'의 생명력이 60퍼센트(47,398)만큼 회복됩니다.

120레벨 이상의 고레벨 몬스터를 상대할 때면 조금 부족하게 느껴졌던 떡대의 탱킹이, 세리아의 치유술로 인해 한층 견고해진 것이다.

물론 소환수 치유술에는 5분이라는 재사용 대기 시간이 있었지만, 그것만으로도 전력에 엄청난 도움이 되었다.

–파스칼 뇌옥 간수병을 처치했습니다. 134,215의 경험치를 획득했습니다.

–파스칼 뇌옥 간수장을 처치했습니다. 321,132의 경험치를 획득했습니다.

눈 깜짝할 새에 정리된 적들을 보며, 세리아가 혀를 내둘렀다.

"확실히 핀이랑 떡대가 있으니 훨씬 수월하네요."

특히 생명력이 8만에 육박하는 떡대가 세리아의 치유술을 받으며 버텨 주니 전투가 쉬워진 것이 확실히 체감되었다.

"그렇다니까."

이안은 만족스런 표정으로 고개를 끄덕였다.

그런데 그때, 뇌옥 안쪽에서 커다란 북소리가 울려 퍼지기 시작했다.

둥- 둥- 둥-.

그에 폴린이 안색을 살짝 굳히며 이안을 향해 물었다.

"안쪽에서 알아챘나 봅니다. 남작님, 어떻게 할까요?"

"으음…."

이안은 잠시 생각에 잠겼다.

하지만 당황한 것은 아니었다.

이렇게 지근거리에서 소란스런 전투를 벌였는데 안쪽에서 모른다면 더 이상한 것이었으니까.

'조금 이르긴 하지만, 생각했던 대로 내가 안쪽으로 침투해야겠어.'

그리고 이안은 핀을 불러서 등에 올라탔다.

그 모습을 본 세리아의 두 눈이 살짝 커졌다.

"영주님, 어쩌시려고요?"

"이쪽에서 시간을 끌어 주는 동안, 난 안쪽에 들어가서 포로를 구출할 거야. 포로가 구출될 때마다 우리 전력이 늘어나는 셈이니까."

폴린이 고개를 끄덕이며 동조했다.

"남작님 말씀대로만 된다면, 확실히 훨씬 쉽게 일이 풀릴 겁니다."

이안은 라이와 레이크, 떡대는 두고 갈 생각이었다.

폴린이 강력하다고는 하지만, 자신이 모든 소환수들을 데리고 안쪽으로 들어가기에는 걱정되었기 때문이다.

'민첩성이 가장 뛰어난 할리랑 핀만 있으면 충분하겠지. 어차피 구출이 목적이니까.'

대충 준비가 끝난 이안이 폴린에게 말했다.

"폴린, 최대한 시선을 좀 끌어 주세요."

"알겠습니다, 남작님. 하지만 안쪽에 얼마나 많은 병력이 있을지 몰라서…… 최대한 빨리 포로들을 구출해 주셔야 합니다."

"네, 알겠습니다."

그리고 폴린이 한 마디 덧붙였다.

"카이자르 님만 구출되면, 아마 상황 종료일 겁니다."

이안은 고개를 끄덕였다.

"카이자르 님이라…… 기억하도록 하죠."

핀의 등에 올라탄 이안은 조심스레 뇌옥 성곽의 바로 아래쪽까지 날아올랐다.

그러자 폴린이 커다랗게 소리쳤다.

"루스펠 제국의 근위기사 폴린이 포로를 구출하기 위해 왔

노라!"

뇌옥 전체를 쩌렁쩌렁 울리는 폴린의 사자후.

순식간에 간수병들의 이목이 전부 폴린에게로 쏠렸다.

'이때다!'

라이와 레이크, 떡대가 폴린과 함께 정면으로 달려드는 것을 확인한 이안은, 핀을 타고 재빨리 뇌옥 안쪽으로 날아들었다.

그리고 뇌옥 곳곳에 설치되어 있는 파수탑들을 보며 안도의 한숨을 내쉬었다.

'후, 공중으로 잠입을 시도했었다간 벌집이 됐겠어.'

처음 파스칼 군도에 도착했을 땐, 공중으로 뇌옥에 잠입하는 것을 진지하게 고민했었다.

하지만 핀의 등에 여러 명이 오를 수 없었고, 이안 혼자 들어가는 것은 위험부담이 컸기에 시도하지 않았던 것이었는데, 이렇게 내성으로 들어와 보니 그것이 정말 잘한 선택이라는 것을 깨달을 수 있었다.

"핀아, 저쪽인 것 같다."

이안은 이제 제법 핀의 등에 익숙해져 있었다.

핀의 속력이 제법 빨라졌음에도, 안정감 있는 모습이었다.

둥- 둥- 둥- 뿌우-!

이제 전면에서 전투가 시작된 것인지, 뇌옥 안쪽에서 커다란 북소리와 뿔피리 소리가 연달아 울려 퍼졌다.

그러자 자연히 이안과 핀 또한 적들에게 노출되었다.

"핀아, 최대한 안쪽으로 들어가서 날 떨궈 줘!"

아무리 그리핀이라고는 하지만, 날개를 이용해 비행하는 구조를 가진 핀의 특성상 빠른 수직 활강은 불가능했다.

그렇다고 위치가 노출된 지금, 느릿하게 사선비행을 하며 아래쪽으로 내려가다간 화살세례에 꼼짝없이 당할 것이었다.

꾸룩-!

핀이 걱정스런 표정으로 울었지만, 원하는 목적지까지 도착한 이안은 망설임 없이 핀의 등에서 뛰어내렸다.

그리고 동시에 할리를 소환했다.

"할리, 소환!"

크허엉-!

이안이 떨어지는 지점에 소환된 할리는 빠르게 구조물들을 타고 올라가 이안을 등으로 받았다.

퍽-!

충격이 없는 것은 아니었지만, 무척이나 안정된 자세로 할리의 등에 탑승하는 데 성공한 이안은, 만족스런 표정이 되었다.

이것을 위해 할리를 지금까지 소환하지 않고 아껴 두었던 것이었으니까.

"오케이 좋아!"

이안의 시선이 정면을 향했다.

뇌옥의 가장 깊숙한 곳.

저 석문만 파괴하면 카이자르가 있을 것 같았다.

"핀아, 간수병들 접근 못하게 막아 줘!"

아무리 숫자가 많은 간수병들이라고는 해도, 핀이 분쇄를 사용하는 동안은 접근하기 힘들 것이다.

그리고 때맞춰 사방에서 몰려드는 병사들의 고함이 들려왔다.

"침입자다! 침입자가 A구역으로 들어가려 하고 있다!"

적절한 타이밍에 핀의 분쇄 스킬이 전장으로 쏟아졌다.

콰아아아-!

간수병들이 쉬이 접근하지 못하고 움찔거리는 것을 확인한 이안은 서둘러 마력의 구체를 석문에 연달아 쏘아 보냈다.

쾅- 콰쾅-!

그리고 할리의 공격까지 이어지자, 커다란 석문이 굉음을 내며 무너지기 시작했다.

쿠르릉- 퍼어엉-!

'좋아, 생각보다 두껍지 않네.'

그리고 석문을 뚫리자 그 안쪽에는 커다란 원형의 석실이 드러났고, 한가운데 정체를 알 수 없는 백발의 괴인이 사지가 묶인 채 앉아 있었다.

마치 보스 몬스터가 등장할 것만 같은 배경과 묘한 분위기가 조성됐다.

그것을 본 이안은 확신했다.

'저자가 분명 카이자르야……!'

이안은 서둘러 그에게 다가갔다.

퀘스트의 끝이 눈앞에 보이는 듯했다.

'헬라임의 말에 따르면 엄청나게 강력한 검사라고 했으니, 이놈만 구출해 내면……!'

그런데 그때, 이질적인 목소리가 이안의 귓전에 울려 퍼졌다.

"워, 워. 잠깐. 이건 뭔가 좀 흥미로운걸."

그리고 어둠 속에서 걸어 나오는 한 인영.

이안의 시선이 자연히 그 방향을 향해 옮겨졌다.

저벅- 저벅-.

적막한 가운데 발소리가 울려 퍼졌다.

어둠 속에서 나와 완전히 모습을 드러냈지만, 그의 전신은 아직 검붉은 빛으로 뒤덮여 있었다.

그것을 본 이안은 한숨을 푹 쉬며 투덜거렸다.

"하아, 좀 쉽게 끝나나 했는데, 역시 그럴 리가 없지."

이안은 긴장된 눈빛으로 남자를 훑어보았다.

여의치 않으면 곧바로 공간왜곡을 이용해 이곳을 빠져나갈 생각이었다.

무척이나 강해 보이는 상대를, 할리밖에 없는 상태에서 상대할 순 없었으니까.

어느새 이안의 앞까지 다가온 남자가 허리에서 검을 뽑아
들었다.

스르릉ㅡ.

그리고 웅웅 울리는 듯한 착각을 일으키는 목소리로 이안
을 향해 물었다.

"넌…… 뭐지?"

선원이 함장 로란트에게서 받은 신호탄을 허공으로 쏘아
올렸다.

피이잉ㅡ 펑!

붉은 폭죽의 세례가 하늘을 붉게 수놓았다.

달려드는 적을 처치한 폴린의 시선이 슬쩍 허공을 향했다.

"으음, 남작님이 좀 늦어지시는 것 같긴 한데……."

이안이 핀을 타고 내부로 진입한 지 10여 분 정도가 지났다.

뭐라도 결과가 나왔어야 할 만한 시간이 지났음에도, 안쪽
에서 아무런 소식이 없자 폴린은 조금 걱정 어린 표정이 되
었다.

"걱정 마세요, 폴린 경. 영주님께선 잘 하고 계실 거예요."

뒤에서 열심히 서포팅을 하던 세리아의 말에, 폴린은 피식
웃으며 대꾸했다.

"뭐, 그랬으면 좋겠는데······."

그의 시선이 뇌옥 안쪽을 향했다.

'어찌됐든 신호탄이 쏘아졌으니, 이제 원군이 올 테지.'

원군이 오면 어떻게든 결론이 날 것이다.

'그 전에 최대한 많은 포로들을 구출해야 할 텐데······.'

다시 달려드는 간수병 무리들을 보며, 폴린은 빠르게 창을 휘둘렀다.

"넌······ 뭐지?"

"그러는 넌 뭔데?"

괴인의 물음에 이안은 퉁명스러운 어투로 대꾸했다.

NPC 주제에(?) 너무 건방졌기 때문에 심사가 꼬인 것이다.

사실 건방짐이 문제였다고 하기 보단 다 된 밥에 재를 뿌리고 있는 상대가 마음에 들지 않았다는 표현이 더 맞는 것이리라.

하지만 괴인의 다음 말을 들은 순간, 이안은 조금 당황할 수밖에 없었다.

"재밌군. 보아하니 루스펠 제국 소속의 유저인 것 같은데, 파스칼 군도까지 들어오다니. 그쪽 제국 퀘스트라도 받은 건가?"

우선 유저라는 말.

그리고 퀘스트라는 말.

이 두 단어는 NPC라면 절대로 쓰지 않는 단어였다.

고로, 상대는 유저라는 소리.

'제기랄, 뭐지 이건? 이렇게 꼬일 수도 있나……?'

게다가 적국인 카이몬 제국의 유저임이 분명했다.

상대 진영의 유저가 제대로 훼방을 놓으려 작정한다면, 적 잖이 골치 아파질 것이다.

일단 이안은 상대를 떠보기 위해 다시 입을 열었다.

"그러는 그쪽은, 카이몬 제국 소속 유저인가 본데…… 그 쪽도 제국 퀘스트인가?"

괴인의 한쪽 입꼬리가 슬쩍 말려 올라갔다.

"그렇다면?"

이안이 조심스레 다시 말을 이었다.

일단 퀘스트를 무사히 완료하는 게 최우선이었다.

"그럼 우리 피차 좋은 방향으로 가는 게 어때? 굳이 싸우지 않고도 서로 퀘스트만 완료할 수 있으면 되는 거 아니야?"

말을 하면서도 이안은 불안했다.

상대의 퀘스트가 자신을 막아야만 하는 방향으로 진행되 는 것일 가능성도 충분히 농후했기에.

하지만 괴인의 대답은 이안의 예상 범주를 벗어난 방향으 로 흘러갔다.

"글쎄. 사실 지금 내가 그냥 지나쳐도 내 퀘스트에는 아무런 지장이 없지만…….."

그는 손에 들린 길다란 장검을 이안의 미간에 겨누었다.

"왠지 그러고 싶지가 않은걸?"

그리고 이안의 입에서는 절로 욕지거리가 튀어나왔다.

"제기랄, 좀 원원하자니까."

이제 싸움은 피할 수 없을 터였다.

이안은 전투 자세를 잡으며 상대의 정보를 확인해 보았다.

하지만 자신과 마찬가지로 모든 정보를 비공개로 해 놓았는지, 레벨과 이름조차 확인할 수가 없었다.

"오랜만에 한번 놀아 볼까?"

말을 마친 그가 이안을 향해 달려들었다.

그리고 이안은 할리와 함께 그를 마주 공격했다.

곧바로 공간 왜곡으로 줄행랑치기에는 왠지 자존심이 상했기 때문이었다.

'생각보다 약한 놈일지도 모르잖아?'

하지만 그럴 가능성이 제로에 가깝다는 건 이안이 누구보다 잘 알고 있었다.

깡— 까강—!

이안의 지팡이와 상대의 검이 부대끼며 쇳소리가 울려 퍼졌다.

─카이몬 제국의 유저(알 수 없음)에게 공격당해 피해를 입었습니다.

-생명력이 12,985만큼 감소합니다.

그리고 한차례 상대의 공격을 막아 낸 이안은, 재빨리 할리의 등에 올라탔다.

'역시 강적이다. 대충 보니 전사 클래스인 것 같고…… 그렇다면 민첩성으로 압도하는 방법밖에.'

"할리, 바람의 수호자!"

이안의 명령에 할리가 커다랗게 울부짖었다.

크허엉-.

-소환수 '할리'가 '바람의 수호자' 스킬을 사용합니다.

-소환수 '할리'의 민첩성이 나머지 전투 능력치를 합한 수치만큼 추가로 증가합니다.

-소환수 '할리'의 민첩성이 2분 동안 5,725만큼 증가합니다.

그동안 레벨을 제법 많이 올린 덕에, 바람의 가호를 사용한 할리의 민첩성은 거의 8천에 육박하는 수준이 되었다.

할리의 네 다리에 휘감기는 새하얀 바람의 기운을 본 상대의 눈에 이채가 어렸다.

"오호, 할리칸이라니. 할리칸을 소환수로 부리는 소환술사가 있을 줄이야."

아직까지 공식적으로 알려진 야생의 할리칸의 레벨은 150.

그가 놀라는 것도 무리는 아니었다.

현재 공식적으로 가장 레벨이 높은 유저가 140레벨 언저리였기 때문이다.

하지만 이안은 상대가 놀라건 말건, 그런 것은 안중에도 없었다.

"전류 증식!"

이안은 괴인을 향해 전류 증식과 마력의 구체를 난사하기 시작했다.

펑- 퍼펑-!

하지만 괴인은 이안의 공격들을 어렵지 않게 피해 내었다.

'뭐지? 전사치고는 민첩성 스텟이 많이 높아 보이는데……'

공격을 피한 상대는 이안을 향해 빠르게 쇄도해 왔다.

"환린참격!"

붉은 빛으로 빛나는 괴인의 장검.

이안은 본능적으로 맞부딪치면 안 된다는 것을 느꼈다.

"할리, 피해!"

그리고 사기적인 순발력 능력치를 가진 할리는 다행히도 그 공격을 쉽게 피해 낼 수 있었다.

파아앙-!

괴인의 장검에서 뿜어져 나온 붉은 검기가 줄기줄기 허공에 뿌려지며, 석옥의 벽을 잘게 썰고 지나갔다.

쩌저적-!

마치 두부 조각처럼 조각나서 바닥으로 무너져 내리는 석벽을 본 이안은 기겁을 했다.

'브레스나 분쇄가 터져도 저 정도 파괴력은 아닐 텐데…….'

할리의 바람의 수호자가 지속되는 2분이었다.

그 안에 어떻게든 승부를 내야 된다 생각한 이안이 할리의 등에서 뛰어 내리며 곧바로 괴인을 향해 파고들었다.

그리고 이안의 의중을 파악한 할리가 빠르게 괴인의 뒤로 돌아 들어가며 앞발을 휘둘렀다.

빠르고 군더더기 없이 펼쳐지는 할리와 이안의 양동공격이었다.

퍼엉-!

-소환수 '할리'가 '공허의 환영'에게 치명적인 피해를 입혔습니다.

-'공허의 환영'의 생명력이 9,685만큼 감소합니다.

단기적이지만 말도 안 될 정도로 엄청난 순발력 스텟이 생긴 할리의 공격을 괴인은 피해 내지 못했고, 그 공격 한 번에 벽을 향해 튕겨져 나갈 수밖에 없었다.

그리고 이안은 조금 혼란스러운 표정이 되었다.

'뭐야, 공허의 환영? 왜 타깃팅 대상이 저런 이름으로 뜨는 거지? 유저가 아니었나?'

유저였다면 이름이 뜨거나, 정보가 비공개 상태라면 '알 수 없음'이라는 글귀가 떠야 정상이었는데 공허의 환영이라는 특이한 이름이 떠오르니 의아한 것이었다.

그리고 할리의 공격에 생각보다 맥없이 튕겨나간 것도 조금은 의문스러웠다.

'전사 클래스가 아까 그 정도의 공격력을 가할 수 있는 수준의 고수라면 피지컬이 이렇게 약하진 않을 텐데…….'

방금 할리의 공격에 튕겨 나가 벽에 틀어박힌 괴인의 모습은 흡사 궁사나 암살자 정도의 피지컬로 느껴졌다.

이안이 재차 공격을 시도하려 할 때, 몸을 털며 일어난 괴인이 씨익 웃으며 중얼거렸다.

"제법이군, 제법이야. 아무리 본체가 아니라고 하더라도 이렇게까지 속수무책으로 공격당한 건 정말 오랜만이군."

하지만 이안은 그의 말에 대꾸해 줄 시간이 없었다.

할리의 고유 능력, '바람의 수호자' 효과가 끝나기 전에 최대한 대미지를 입혀야 하기 때문이었다.

"여유로운 척 하긴!"

이안의 지팡이에서 또다시 투사체들이 쏟아져 나갔다.

그리고 그것은 괴인의 이동 경로를 철저히 계산한 공격이었다.

타탓-!

날아오는 투사체를 피해 몸을 움직인 괴인은, 어쩔 수 없이 다시 할리와 정면으로 맞닥뜨렸다.

크허엉-!

할리가 커다랗게 포효하며 앞발을 내질렀지만, 이번에는 괴인도 호락호락 당해 주지는 않았다.

촤아악―!

워낙 할리의 민첩성이 빨랐기 때문에 완전히 피해 내지는 못했지만, 옆구리를 스치는 정도에 그친 것이다.

게다가 오히려 남자의 검극이 할리의 어깻죽지에 틀어박혔다.

―소환수 '할리'가 '공허의 환영'에게 공격당해 생명력이 8,982만큼 감소합니다.

―소환수 '할리'가 '출혈 상태에 빠집니다.'

―소환수 '할리'의 생명력이 2,196만큼 감소합니다.

남자의 반격이 물 흐르듯 이어졌다.

그 모습을 확인한 이안은 적잖이 놀란 표정이 되었다.

'실력이…… 진짜배기잖아?'

할리가 입은 피해량에 놀란 것이 아니었다.

9천 정도의 공격력은 어찌 보면 그리 대단한 수준이랄 만한 것은 아니었으니까.

하지만 방금 남자의 움직임은 정말 예술에 가까웠다.

최소한의 움직임으로 순발력이 8천에 육박하는 할리의 앞발을 피해 내고, 역공까지 성공시켰으니.

'하지만 스텟이 압도적인 수준이 아닌 이상, 충분히 해 볼 만하다……!'

카일란에서 유저의 강력함은 두 가지 요소에서 결정된다.

하나는 당연히 무지막지한 레벨과 성능 좋은 템들로 인한 막대한 능력치와 특별한 스킬들.

그리고 또 하나는 유저의 전투 능력.

이안은 상대가 자신과 비슷한 레벨대의, 그리고 체력이나 방어력보다는 비교적 공격력에 투자를 많이 한 전사 클래스의 유저라고 짐작했다.

'컨트롤 능력이라면 나도 뒤지지 않을 자신 있지.'

오히려 지금 두 자리 수 랭킹 안에 들어 있는 130레벨 후반대의 유저였다면 아무리 이안이라도 상대하기 힘들었으리라.

컨트롤로 극복할 수 있는 능력치의 차이에는 한계가 있었으니까.

하지만 한번 격돌한 뒤, 이안은 오히려 자신감이 생겼다.

"귀찮은 자식, 너 때문에 지금 퀘스트 늦어지고 있잖아!"

이안은 진심어린 분노(?)를 담아 할리와 함께 다시 상대를 향해 달려들었다.

그리고 조금은 소극적이었던 방금 전까지와는 달리 자신감 넘치는 이안의 움직임을 본 남자는 피식 웃으며 검을 고쳐 쥐었다.

"설마 내가 방금 모든 걸 보여 줬다고 생각한 건 아니겠지?"

남자의 입이 다시 열렸다.

"연환격!"

순간, 이안은 코앞에 달려들던 남자의 신형이 양옆으로 길게 늘어나는 듯한 착각을 느꼈다.

'뭐, 뭐지?'

그리고 이어지는 그의 검격.

쾅- 콰콰쾅-!

연환격이라는 스킬의 이름답게, 그의 공격은 한 번에 커다란 대미지가 들어오는 것이 아니라 마치 핀의 분쇄처럼 도트 대미지로 들어왔다.

시스템 메시지가 엄청난 속도로 밀려들어 오기 시작했다.

-(알 수 없음)으로부터 치명적인 피해를 입었습니다.

-생명력이 1,892만큼 감소합니다.

-생명력이 1,827만큼 감소합니다.

-생명력이 2,191만큼 감소합니다.

순식간에 2~3만 가까운 무지막지한 양의 생명력이 빠져 나가는 것을 본 이안은 당황했다.

'후, 너무 얕봤나?'

하지만 당황했다고 해서, 움직임이 굳어 버린 것은 아니었다.

그의 몸에 배어 있는 본능과도 같은 컨트롤 감각이 저절로 할리와 이안을 컨트롤한 것이다.

펑- 퍼펑-!

스킬을 한번 제대로 허용한 대신, 이안의 스킬들과 할리의 공격도 정확히 적중되었다.

-소환수 '할리'의 고유 능력, '후려치기' 가 발동합니다.

-'공허의 환영'이 1초간 '기절' 상태에 빠집니다.

게다가 운 좋게도. 할리의 고유 능력인 후려치기가 발동한 것이다.

그리고 이 기회를 놓칠 이안이 아니었다.

"마력의 구체!"

이안의 지팡이를 타고 마력의 구체가 연달아 쏘아져 나갔다.

펑- 퍼펑-!

거기에 할리의 공격까지 들어가자 남자의 생명력도 한 번에 2만 이상이 순식간에 날아갔다.

"후우……."

순식간에 정령 마력을 전부 다 퍼부은 이안이 한 발짝 뒤로 물러섰다. 마력의 구체로 인해 환원되는 정령 마력 덕에 금세 절반 정도의 마력은 차올랐지만, 상대의 반격을 허용하지 않기 위해서였다.

그리고 1초간의 짧은 기절 상태에서 벗어난 괴인이 날카로운 눈빛으로 이안을 노려보았다.

"놀랍군. 정말 놀라워."

그의 말에 이안이 퉁명스레 대꾸했다.

"뭐가?"

"소환술사가 이렇게 강할 수 있다는 게."

"……."

기존의 직업보다 상대적으로 훨씬 늦게 생겨난 클래스인 소환술사.

사실 지금 이안이 소환술사 클래스로 120레벨 이상을 찍은 것 자체가 말이 되지 않는 것이었고, 이안의 전투력은 120레벨 이상의 것이었기 때문에 남자가 느끼는 놀라움은 더욱 큰 것이었다.

게다가 신규 직업 중에서도 소환술사는 PvP에 가장 약한 직업이 아니었던가.

"하지만 나도 일반적인 상식선상에서 성장한 케이스는 아니니까…… 그렇게 따지면 소환술사가 이 정도의 전투력을 보이는 것도 가능한 범주라고 생각해야 하나?"

이안은 표정을 살짝 찌푸렸다.

물론 그가 강하기는 하지만, 저렇게 자화자찬할 정도는 아니라고 생각했기 때문이었다.

'내가 라이랑 핀만 있었어도 이미 게임 오버 당했을 녀석이 말만 많네……. 뭐? 상식선상이 아니라고?'

이안은 다시 자세를 바로잡았다.

생명력이 절반 이하로 떨어져 게이지가 깜빡이고 있었지만, 그것은 상대도 마찬가지였다.

"잘난 척은 그만하고, 빨리 끝내자. 이 형이 지금 갈 길이 좀 바쁘거든."

그 말에 괴인은 비틀린 표정으로 실소를 지었다.

"후후, 잘난 척이라……. 너야말로 뭔가 착각하고 있나 보군."

"뭐가?"

"지금 네 눈앞에 있는 상대. 그것은 내가 아니다."

생각지 못한 괴인의 말에, 이안의 미간이 살짝 좁아졌다.

"무슨 소리야?"

그리고 괴인의 말이 이어졌다.

"네가 상대하고 있는 건 나의 환영일 뿐."

"……?"

"그나저나, 아쉽게 됐어. 환영만으로도 어쭙잖은 소환술사 하나 정도는 쉽게 상대할 수 있을 줄 알았는데…… 오늘은 여기까지 해야겠군. 나도 진행하던 퀘스트가 있어서 말이야."

그제야 이안은 뭔가 이상한 것을 느꼈다.

'그러고 보니, 놈의 온몸이 검붉은 빛으로 계속 빛나고 있잖아?'

처음에는 스킬이나 버프 효과로 인한 것으로 생각해 크게 개의치 않았는데, 환영이라는 말을 들은 뒤 다시 살펴보니 이상한 점이 보이기 시작한 것이다.

그때, 괴인의 검이 기습적으로 이안을 향해 휘둘려 왔다.

콰앙-!

빠르게 쏘아지는 검기.

하지만 긴장의 끈을 놓지 않고 있던 이안은 여유 있게 괴인의 공격을 피해 내었다.

이안이 인상을 찌푸렸다.

"비겁하긴."

이안의 핀잔에 그는 피식 웃어 보였다.

"맞았으면 실망했을 거다."

그리고 괴인의 신형이 점점 희미해지기 시작했다.

"아쉽지만 오늘은 여기까지만 하도록 하지."

이안의 표정이 구겨졌다.

"아주 자기 마음대로구만."

기왕 이렇게 된 거 상대를 죽여서 떨어지는 아이템이라도 챙기려 했던 이안은, 사라지는 환영을 보자 허공에 삽질한 기분이 된 것이었다.

"후후…… 덕분에 즐거웠다. 머지않아 또 보게 되겠군."

괴인의 신형이 허공에서 완전히 지워지자, 이안은 허탈한 표정이 되었다.

"아오, 이럴 거면 처음부터 덤비질 말든가!"

괜히 시간만 낭비하고 생명력만 고갈되었으니, 이안의 입장에서는 짜증나는 것이 당연했다.

하지만 한편으로는 상대에 대한 궁금증도 일었다.

'그런데 대체 저놈은 뭐지? 환영이 본체의 어느 정도 수준의 전투력을 갖는 건지를 알 수가 없으니…….'

본체가 환영보다 훨씬 더 강력하다면, 카이몬 제국의 최상위 랭커일 가능성도 배제할 수 없었다. 그만큼 괴인이 사용하는 스킬의 위력은 대단했고, 전투 감각은 뛰어났으니까.

어쨌든 이안은 서둘러 움직여 카이자르가 묶여 있는 곳으로 달려갔다.

뜻밖의 훼방을 받기는 했지만, 퀘스트가 우선이었다.

"음……"

그런데 그때, 어느새 고개를 들고 이안을 지켜보고 있던 백발의 남자가 입을 열었다.

─열쇠는 저 석벽 뒤쪽에 걸려 있다. 꼬마야.

그리고 순간 마주친 눈빛.

그 시퍼런 안광에 이안은 살짝 움찔했다.

"열쇠요?"

─그래. 그게 있어야 이걸 풀지.

말을 하며 남자는 자신의 손에 채워져 있는 묵직한 쇳덩이를 흔들었다.

─열쇠를 빨리 가져와야 할 거다. 시간이 없어.

그의 말이 아니더라도 이안은 빠르게 움직이고 있었다.

이미 정체를 알 수 없는 녀석으로 인해 많은 시간이 지체되어서 바깥 상황을 알 수 없기 때문이었다.

딸깍─.

그리고 가져온 열쇠를 이용해 커다란 자물쇠를 풀어 내자,

묵직한 소리와 함께 쇳덩이가 바닥으로 떨어졌다.

쿵-.

남자는 자유로워진 양손을 쥐었다 폈다를 반복하며 낮은 목소리로 중얼거렸다.

-으음. 십 년 만인가.

이안이 물었다.

"그…… 어르신 허리에 묶여 있는 사슬은 어떻게 풀 수 있죠?"

두 손은 자유로워졌지만, 허리에는 아직까지도 쇠사슬이 둘둘 감겨 있었다.

이안의 말을 들은 그는 피식 웃더니 두 손으로 사슬을 움켜쥐었다.

우드득-.

놀랍게도 양손으로 사슬을 우그러뜨리고 바깥으로 빠져나오는 남자를 보며, 이안은 당황한 표정이 되었다.

'뭐, 저런 괴물이 다 있어?'

당황하는 이안을 향해 다가온 남자가 이안을 향해 물었다.

-꼬마야. 가지고 있는 무기 아무거나 줘 봐라. 검이면 가장 좋다.

이안은 침을 꿀꺽 삼켰다.

'이건 거의 날강도 수준이잖아?'

하지만 차마 맨손으로 쇠사슬을 우그러뜨리는 괴물에게 말대꾸를 할 용기는 나지 않았다.

"자, 잠깐만요. 아마 있을 거예요."

얼마 전 오르빌에게서 얻었던 전설 등급의 대검이 떠올랐지만, 주기도 아까울 뿐더러 그것은 어차피 계정 귀속 아이템이었다.

이안은 인벤토리에서 얼마 전 사냥 도중에 나온 유일 등급의 대검 하나를 꺼내어 그에게 넘겼다.

-이 정도면 제법 괜찮은 검이군.

그리고 남자는 고개를 주억거리더니 이안을 향해 말했다.

-이제 여기는 내가 맡을 테니, 나가서 다른 포로들을 구출하도록.

"그게 무슨……?"

이제 강력한 NPC 빽로 좀 쉽게 퀘스트를 진행해 보나 했던 이안은 당황한 표정으로 남자를 응시했다.

그때, 이안이 들어온 반대편 석벽에 있던 철문이 커다란 소리를 내며 열렸다.

콰앙-!

그리고 나타난 한 남자.

그가 비릿한 미소를 지으며 두 사람을 번갈아 보았다.

-이런, 이런. 쥐새끼가 한 마리 숨어들었었군.

카이몬 제국의 문양이 새겨진 은빛 갑주.

그리고 시퍼렇게 빛나는 대검.

이안을 노려보는 은빛 갑주의 사내, 라크로뮤가 검을 치켜들자, 이제껏 가만히 서 있던 남자가 이안에게서 받은 검을 뽑아 들고 라크로뮤의 앞을 막아섰다.

-네 상대는 나다, 라크로뮤.

카이자르의 말에, 라크로뮤가 피식 웃으며 대응했다.

-십 년 전이었다면 모르되, 지금도 날 상대할 수 있을 것이라 생각하
는가, 카이자르.

-십 년이 아니라 백 년이 지나도, 넌 나를 이길 수 없다. 라크로뮤.

후우웅-!

두 사람의 대화가 진행됨과 동시에 석옥 전체가 진동할 만
큼 커다란 울림이 두 사람을 중심으로 퍼져 나갔고, 이안은
그 틈을 타 할리를 타고 석옥 밖으로 재빨리 움직였다.

'뭔진 잘 모르겠지만, 일단 나머지 포로들부터 다 구출하
고 생각하자.'

그리고 이안이 석옥 밖으로 빠져나오자, 퀘스트의 진행 상
황을 알리는 시스템 메시지가 떠올랐다.

띠링-.

-'전쟁 포로 구출하기' 퀘스트

-진행률 - 1/77(1.29퍼센트)

-필수 조건 달성률 - 1/2(50.00퍼센트)

"이 팀장, 예고편 이제 방영 시작해야 되니까 빨리 준비해!"

"예, 지금 세팅 거의 끝났습니다. 그런데 정말 후가공 없이 LB쪽에서 전송되어 오는 대로 바로바로 송출하는 겁니까?"

"지금 영상 편집하고 뭐 하고 할 시간이 어디 있어? 들어오는 대로 곧바로 내보내. 어차피 2차 업데이트가 궁금한 시청자들은 가장 빨리 송출해 주는 채널에 전부 다 몰릴 거야."

게임 방송 채널 중 요즘 가장 높은 주가를 달리고 있는 방송국인 YTBC.

방송국 내 스태프들은 근 한 달 중 가장 바쁜 하루를 보내고 있었다.

오늘이 바로 게임 '카일란'의 2차 대규모 업데이트의 예고편 격인 영상을 LB소프트로부터 받는 날이었기 때문이다.

보통 게임의 예고편 영상의 경우 게임사에서 직접 제작한 시네마틱 영상을 송출해 주는 것이 보통이었는데, 이번 2차 대규모 업데이트의 예고 영상은 완전히 다른 방식으로 진행되었다.

바로 2차 업데이트 시나리오의 중심이 되는 NPC들의 시점에서 촬영된 영상이 여러 가지 버전으로 방영되는 것이다.

LB소프트에서 각 방송국마다 송출해 주는 영상이 각기 다른 NPC의 시점의 영상이었고, 이러한 방식은 처음이었기에 방송국의 관계자들도 갈팡질팡하고 있었다.

"20초 뒤, 송출 시작합니다!"

"오케이, 카운트 시작해!"

"13······ 12······ 11······."

-십 년 만의 제국 간 전쟁이 해전으로 시작될 줄이야. 설레지 않나, 로스터.

-그렇습니다, 제독. 그동안 갈고닦은 우리 해군의 저력을 보여 줄 때가 온 것 같습니다.

족히 수십 척은 되어 보이는, 바다를 새까맣게 메우고 있는 전함들. 그리고 그 전함들의 닻에는 카이몬 제국의 문양이 찍혀 있었다.

-로스터, 파스칼 군도에 접근해 있는 루스펠의 전함이 몇 척이라 했지?

-갈레온선 세 척입니다, 제독.

함대의 중단 쯤 늠름한 위용을 뽐내며 물살을 가르고 있는 대장선.

쏴아아-!

갑판에 선 두 사람은 느긋한 표정으로 대화를 나누고 있었다.

조금 뒤쪽에서 말을 받아 주는 이는 카이몬 제국 제1 함대의 함장인 로스터였고, 그 앞에 서 있는 흑발의 사내는 카이몬의 해군제독인 하르윈이었다.

─갈레온 세 척이라……. 지금까지 잠자코 있던 놈들이 움직인 이유는 뻔하겠지.

─아무래도 신탁 때문이 아니겠습니까.

"오오……!"

불타는 금요일 저녁.

오랜만에 벗어난 야근을 자축하는 의미에서 친구들과 치킨집에 들어온 한수는 치킨집 벽에 걸려 있는 TV를 보며 탄성을 질렀다.

"저거 카일란 아니냐? 무슨 영상이지?"

그의 옆에서 맥주를 한 모금 홀짝이며 묻는 친구에게, 한수가 빠르게 대답했다.

"카일란 영상 맞다. YTBC 채널이네. 아마 이번에 2차 대규모 업데이트 예고 영상 방영한다더니, 그거 같은데?"

그들의 맞은편에 앉아 있던 민규가 두 사람의 대화에 고개를 돌려 TV를 응시했다.

"크으, 이건 무슨 영화의 한 장면 같은데? 저기 깃발 보니까 카이몬 제국 전함들이네."

웅장한 위용의 전함들.

그리고 그 전함의 세부적인 디테일 하나하나까지 완벽하

게 구현되어 있는 카일란의 고퀄리티 영상을 보며, 그들은 치킨을 뜯는 것도 잊은 채 영상에 몰입하기 시작했다.

"루스펠 제국이랑 해전이라도 벌이려는 걸까?"

"아무래도 그런 것 같은데…… 으, 난 루스펠 국적인데 저 거 전쟁 결과가 일반 유저들한테도 영향을 미치려나?"

"그건 아니지 않을까? 어느 한쪽으로 밸런스가 무너지면 게임이 재미없어질 텐데…… 게임사에서 그렇게 만들 리가 있나."

화면 속 전함들은 차츰 수많은 섬들이 솟아 있는 군도의 사이로 진입했고, 곧이어 어떤 하나의 섬에 정박했다.

그리고 전투가 시작되었다.

어느새 그들뿐 아니라 치킨집에 앉아 있던 모든 사람들의 시선이 TV에 고정되어 있었다.

불패의 검사 카이자르

Taming Master

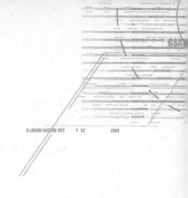

파스칼 군도는 순식간에 아수라장이 되었다.

카이자르와 라크로뮤, 두 절대자 간의 싸움으로 인해, 그 일대가 초토화되어 버린 것이다.

그 틈을 타, 이안은 더 손쉽게 퀘스트를 진행할 수 있었다.

철컹-.

"자, 이쪽으로 나오세요, 여러분! 남쪽으로 내려가시면 갈레온선이 정박되어 있을 겁니다!"

이안이 간수병을 잡고 얻은 열쇠로 감옥의 문을 열자, 안에 갇혀 있던 포로들이 우르르 바깥으로 빠져나왔다.

-오오, 고맙소.

-폐하께서 우리를 잊지 않으셨구나!

할리를 탄 이안은 빠르게 감옥 구석구석을 돌며 루스펠 제국의 포로들을 구출해 나갔다.

감옥의 중심부까지 오는 데는 미로같이 복잡하게 구성된 길을 통과해야 했지만, 중심부의 구조는 원형으로 비교적 단순해서 포로들을 찾는 데 그리 오랜 시간이 걸리지 않았다.

띠링-.

-'전쟁 포로 구출하기' 퀘스트

-진행률 : 52/77(67.53퍼센트)

-필수 조건 달성률 : 1/2(50.00퍼센트)

떠오르는 메시지를 보며 이안은 속으로 중얼거렸다.

'진행률이야, 구출하는 포로의 숫자에 비례한다는 건 알겠는데…… 필수 조건은 뭐지? 카이자르 구출 말고 또 뭐가 있는 건가?'

이안은 바삐 움직이면서도 지속적으로 전황을 확인했다.

처음엔 수적인 열세 때문에 불리한 듯 보였던 전황이, 구출된 포로들과 갈레온선 세 척의 합류로 인해 역전되고 있었다.

펑- 펑-!

포격음이 사방에서 터져 나왔다.

"돌격하라! 카이몬의 떨거지들을 사살하라!"

"와아아……!"

루스펠 제국의 지원 병력이 뇌옥 안으로 물밀 듯 밀려 들어왔고, 덕분에 위치상으로 고립되어 있던 이안도 숨통이 트이게 되었다.

'좋아, 다들 안쪽까지 진입하는 데 성공한 건가?'

이안은 시선을 돌려 소환수들과 세리아, 그리고 폴린의 얼굴을 확인했다.

그리고 마지막으로 함장 로란트의 얼굴까지 확인하자, 이안은 비로소 마음이 놓이는 것을 느꼈다.

'휘유, 이제 거의 다 끝났나?'

한참을 포로 구출에 집중하던 이안은 슬쩍 진행률을 확인해 보았다.

-진행률 : 72/77(93.50퍼센트)

이제 남은 포로는 다섯.

조금 여유가 생긴 이안이 안도의 한숨을 쉬려는 그때, 그를 채찍질하는(?) 시스템 메시지가 다시금 떠올랐다.

-변칙 이벤트 발동! 카이몬 제국의 지원 함대가 파스칼 뇌옥에 접근하고 있습니다.

-카이몬 제국의 지원 함대 도착까지 남은 시간 - 00:12:54

-카이몬 제국 수군제독 하르윈이 파스칼 뇌옥에 도착하기 전까지 모든 포로들을 갈레온선에 태워야 필수 조건이 전부 충족됩니다.

이안이 알 수 없었던 퀘스트 완료를 위한 필수 조건의 정체가 드러났다.

"……카이몬 제국의 지원 함대라고? 우리 여기 몰래 온 거 아니었어?"

이안은 '이렇게 쉽게 풀릴 리가 없지'를 속으로 수십 번 구시렁거리며, 곧바로 할리의 등에 올라 복도 끝에 보이는 마지막 옥사를 향해 미친 듯이 달렸다.

'으아아, 12분 안에 다섯 명을 어떻게 배에 태우라는 거야?'

구출하는 것까지는 문제될 것이 없었다. 문제는 옥사에서 배가 정박되어 있는 남쪽 해안까지 포로들이 아무리 빨리 이동해도 15분 이상의 시간이 걸릴 것이라는 점이었다.

하지만 방법이 없는 것은 아니었다.

이안이 직접 카이몬의 지원 함대를 막아 내면 되는 것이다.

'내가 막을 수 있을까……?'

카이몬 제국의 수군이 파스칼 뇌옥에 도달하지 못하도록 그 앞에서 5분간 막아 낸다면, 포로들이 무사히 감옥을 빠져나가 정박해 있는 갈레온선에 탑승할 수 있으리라.

'적 지원 함대의 규모가 얼마나 될지 알 수가 없으니.'

사실 지원 함대의 규모를 아는 것은 큰 의미가 없을지도 몰랐다. 어차피 함대가 한두 척만 되어도 이안 혼자서 충분한 시간을 끄는 것은 무리일 것이었으니까.

그런데 그때…….

이안의 뇌리에 괜찮은 생각이 스쳐 지나갔다.

-이 비겁한 노옴……!

라크로뮤의 신형이 천천히 무너져 갔다.

카이자르와 라크로뮤의 팽팽한 접전에 은근슬쩍 접근한 이안은, 뒤쪽으로 잠입하여 마력의 구체를 계속해서 날려 댔다.

그리고 그 효과는 무척이나 성공적이었다.

카이자르와 라크로뮤의 전투력이 워낙 비슷한 수준이었기 때문에, 무게의 추가 약간만 기울었음에도 순식간에 전세가 역전된 것이었다.

물론 오랜 전투로 인해 라크로뮤의 힘이 많이 빠져 있었던 것도 이렇게 쉽게 무너져 내린 이유 중 하나였다.

"비겁하긴. 멍청아, 전쟁에 비겁이 어디 있냐? 이기면 장 땡이지."

까맣게 죽어가는 라크로뮤를 비웃어 준 이안은 카이자르를 향해 다급히 말했다.

"카이자르 님, 저 좀 도와주시죠."

이안의 말에 카이자르가 의아한 표정으로 물었다.

그는 정당하게 1:1 승부를 마무리 짓지 못한 게 못내 아쉬웠는지, 목소리가 낮게 가라앉아 있었다.

-뭘 말이냐?

"제 퀘…… 아니, 동쪽에서 카이몬 제국의 함대가 상륙하려 하고 있습니다. 포로들이 무사히 배에 오를 때까지 그들을 막아야 합니다."

그 말에 카이자르의 두 눈이 살짝 커졌다.

-아니, 카이몬 제국에서 어찌 알고 벌써 원군을……?

"규모가 제법 커서 저 혼자는 무립니다. 카이자르 님의 도움이 필요합니다."

이안이 생각한 노림수는 바로 이것이었다.

전투력을 짐작할 수 없을 정도로 강한 카이자르가 함께 할 수 있다면 어느 정도 승산이 있다 생각한 것.

함장 로란트와 근위기사 폴린 그리고 지원 병력들이 함께한다면, 카이몬의 함대를 상대로 충분히 시간을 끌 수 있으리라.

카이자르는 흔쾌히 고개를 끄덕였다.

ㅡ좋아, 가도록 하지. 그런데 말이야, 혹시 이 검 말고 다른 검은 또 없나?

"네?"

카이자르가 이안에게서 받았던 유일 등급의 검을 슬쩍 들어 올려 보이며 멋쩍게 웃었다.

ㅡ보다시피, 망가져 버렸거든.

라크로뮤와의 격전 중에 아이템의 내구력이 다 닳아 망가져 버린 것이었다.

이안은 어처구니없는 표정이 되었다.

'아니, 수리를 미리 안 해 놔서 내구력이 많지는 않았지만, 이렇게 빨리 다 닳아 버릴 정도는 분명 아니었는데…….'

카일란에서 아이템의 내구력은 다 닳지만 않으면 계속해서 수리해서 사용할 수 있지만, 한 번 다 닳으면 복원이 불가능하게 된다.

즉, 카이자르의 손에 들려 있는 검은 이제 아무 쓸모없는 고철덩어리가 되어 버렸다는 소리다.

'으, 그래도 저거 경매장에 올리면 20만 골드는 받을 만한 아이템이었는데.'

졸지에 생돈을 날려 버린 이안의 입에서 한숨이 절로 새어 나왔다.

"후우……."

하지만 아무리 복장이 터져도, 지금은 아쉬운 건 카이자르가 아닌 이안이었다.

이안은 인벤토리를 열심히 뒤지기 시작했다.

'남은 아이템 중에 쓸 만한 검이 있었나?'

하지만 아무리 찾아봐도 가지고 있는 아이템 중, 대검은 오르빌과의 전투에서 얻은 전설 아이템인 '다크 펜리르의 대검' 밖에 없었다.

'에라, 모르겠다. 뭔가 방법이 있을 지도 모르지.'

다크 펜리르의 대검은 계정 귀속 아이템이어서 분명 카이자르가 사용할 수 없을 것이었지만, 이안은 일단 아이템을 꺼내들었다.

"제가 이런 게 있긴 한데……."

말끝을 흐리며 슬쩍 대검을 보여 주는 이안이었다.

그리고 귀티가 좔좔 흘러넘치는 전설 등급의 아이템을 본 카이자르의 두 눈이 반짝였다.

-오오, 이렇게 좋은 검은 정말 오랜만에 보는군.

"그런데 문제가 하나 있어요."

-문제라?

"이 검은 제게 귀속된 물건입니다. 아마 카이자르 님께서 쓰실 수 없을 거예요."

카이자르의 두 눈에 아쉬움이 스쳐 지나갔다.

-으음…… 정말 방법이 없겠는가. 그 검이라면 확실히 카이몬의 애송이들을 도륙하는 데 부족함이 없을 터인데…….

이안은 별생각 없이 대답했다.

"방법이 하나 있긴 하죠."

-그게 뭔가?

"카이자르 님이 제 가신으로 들어오시면 됩니다. 가신은 제게 귀속된 아이템도 사용할 수 있으니까요."

-오, 그래?

"……?"

이안은 어이없는 표정이 되었다.

'그래? 는 무슨, 내 가신으로 들어오기라도 하겠다는 거야 뭐야?'

황실 기사단장인 헬라임이 전쟁 승리에 꼭 필요한 인재라고 얘기했을 정도의 거물급 NPC인 카이자르다.

게다가 두 눈으로 확인한 전투력도 가늠할 수 없을 정도로 대단한 초강자였다.

고위 귀족이거나, 황실 소속의 기사임이 분명한 그가 이안의 가신이 될 수 있을 리 없을 터.

그런데 그 순간, 이안의 눈앞에 믿을 수 없는 시스템 메시지가 떠올랐다.

-'불패의 검사 카이자르'가 당신의 가신이 되길 원합니다.

"……?"

이안이 멍한 표정으로 카이자르를 향해 고개를 돌렸다.

카이자르가 이안을 재촉했다.

-안 받아 주고 뭐하나? 시간 없는데.

"카이자르 님, 귀족 아니었어요?"

이안은 당연히 카이자르가 자신보다 높은 등급의 귀족이리라 생각했던 것.

하지만 이어지는 그의 대답은 가관이었다.

-나, 평민일세.

"……."

'아니 무슨 남작한테 자연스럽게 하대하는 평민이 다 있어?'

이안은 속으로 구시렁거렸지만, 재빨리 카이자르의 제안을 수락하기 위해 영주의 인장을 꺼내어 들었다.

"나중에 무르기 없깁니다."

이안의 말에 카이자르가 심드렁한 표정으로 대꾸했다.

-그건 네놈 하는 거 봐서.

"하아……."

이안은 한숨이 절로 새어나왔지만, 그래도 이런 엄청난 가신을 얻을 기회를 차 버릴 수는 없었기에 곧바로 계약을 진행하였다.

후우웅-.

이안의 손에 들린 인장에서 빛이 뿜어져 나와 카이자르의 손목으로 스며 들어갔다.

-'불패의 검사 카이자르'를 가신으로 거두었습니다.

-가신 '카이자르'의 인재 등급은 '신화' 등급이며, 현재 능력치는 '전설' 등급입니다.

-현재 '이안'님의 가신 현황 : 6/20

그리고 시스템 메시지를 확인한 이안은 속으로 쾌재를 불렀다.

'시, 신화 등급이라고? 이런 미친……!'

세리아의 인재 등급이 영웅 등급이었으니 카이자르의 등급은 전설 등급 이상일 것이라 막연히 예상을 하긴 했었지만, 막상 신화 등급 이라는 글귀를 확인하니 실감이 나질 않았다.

'능력치는 대체 몇일까?'

설레는 마음으로 카이자르의 능력치를 확인하려는 순간, 카이자르가 이안의 손에 들려 있던 다크 펜리르의 대검을 냉큼 뺏어 들고는 뇌옥 바깥으로 몸을 날렸다.

-가신 '카이자르'에게 '다크 펜리르의 대검'아이템을 하사했습니다.

이어서 떠오르는 시스템 메시지에, 이안은 어이가 없다 못해 허탈한 지경이 되었다.

'아니, 하사는 무슨! 이게 강탈이지 어떻게 하사야!'

하지만 지금, 이안에게는 화 낼 여유도 없었다.

그리고 전설 등급 아이템 하나로 신화 등급 NPC를 얻었으니 사실 손해 보는 장사도 아니었다.

-영주 놈아, 시간 없다며. 빨리 움직여라.

카이자르의 호통에 이안은 벙찐 표정으로 그를 따라 움직였다.

'아니, 어느 나라 가신이 저래?'

속으로 연신 툴툴거리며 카이자르를 쫓는 이안.

하지만 뒤늦게 카이자르의 레벨을 확인한 이안은, 잠자코 그의 뒤를 따를 수밖에 없었다.

-불패의 검사 카이자르, Lv 246

"흐음, 이게 누구야, 카이자르가 아닌가?"

카이몬 제국의 제1 함대 함장인 로스터.

그의 두 눈이 살짝 찌푸려졌다.

파스칼에 상륙하자마자 생각지도 못한 얼굴을 만났기 때문이었다.

"후후, 오랜만이군, 로스터."

카이자르는 로스터의 덜렁거리는 왼쪽 팔을 응시하며 씨익 웃었다.

십 년 전 카이자르의 검에 의해 외팔이가 된 로스터는, 그를 무척이나 증오하고 있었다.

"네놈이 여기 서 있다는 건…… 우리가 한발 늦었다는 애기군."

"그렇지, 한발이 아니라 많이 늦었지."

"검공께선 당하신 것인가……."

로스터는 침음성을 흘렸다.

그가 말하는 검공이란, 카이자르에게 당한 라크로뮤를 의미했다.

그리고 뒤늦게 카이자르를 따라 해안가에 도착한 이안이 할리의 등에서 내렸다.

이안은 오는 길에 전장에 들러, 핀과 라이까지 함께 데려왔다.

"흐음, 저 애송이는 누구냐, 카이자르."

로스터의 물음에 카이자르가 피식 웃으며 대답했다.

"우리 영주 놈이다."

뒤에서 그 소리를 들은 이안의 표정이 구겨졌지만, 그런 것을 신경 쓸 카이자르가 아니었다.

"……?"

로스터는 의아한 표정으로 이안을 응시했다.

그런 그와는 별개로, 카이자르는 검을 뽑아 들었다.

스르릉—!

전설 등급 대검의 시커먼 검신이, 햇빛에 반사되어 새하얗게 빛나기 시작했다.

로스터가 카이자르를 노려보았다.

"아무리 너라고 해도, 이 많은 병력을 상대하는 건 무리일 텐데……."

하지만 카이자르는 그에 아랑곳 않고 한 걸음씩 앞으로 걸어갔다.

저벅— 저벅—.

그리고 칼을 높이 든 그는 허공을 향해 검을 힘껏 휘저었다.

콰아앙—!

이어지는 폭발음.

카이몬 제국의 함대 앞 모래사장에, 횡으로 커다란 홈이 움푹 파였다.

카이자르가 씨익 웃었다.

"여길 넘어오면 죽는다, 로스터."

그 모습을 보며, 오히려 뒤쪽에 서 있던 이안이 마른 침을 꿀꺽 삼켰다.

'우리 가신님 박력 터지네……!'

그런데 그때, 뒤늦게 정박한 카이몬 제국의 배에서 한 남자가 내렸다.

이에 카이자르와 이안은 자연스레 그를 향해 시선을 돌렸다. 카이자르는 그를 알고 있었기 때문이었고, 이안은 그의 외모가 너무 두드러졌기 때문이었다.

'뭐야, 저 사람 멋지잖아!'

새빨간 해군 제복에 멋들어지게 자란 백발, 그리고 하얀 수염까지. 멀리서 보아도 아우라가 느껴지는 남자의 모습에, 이안은 흥미로운 표정으로 그들을 지켜보았다.

적막 속에서 가장 먼저 입을 연 것은 카이자르였다.

그의 표정은, 지금까지와 다르게 제법 심각해 보였다.

"하르윈…… 할배까지 온 걸 보니, 작정하고 온 거였군."

카이자르의 말에 로스터가 발끈했다.

"함부로 말하지 마라, 카이자르. 제독님이시다."

"거야, 네놈들 제독인 거고 나랑은 관계 없지."

하르윈은 천천히 앞으로 걸어 나왔다.

그동안 뇌옥에서의 전투를 승리로 이끈 폴린과 세리아 등 루스펠 제국의 지원 병력들도 하나둘 이안의 뒤쪽으로 모여들었다.

일촉즉발의 상황이 벌어졌다.

이안의 시선이 어림잡아도 수천은 되어 보이는 카이몬 제국의 병사들을 향했다.

'많기도 하네. 병력은 거의 우리 열 배 정도는 되어 보이는데……'

그나마 다행힌 건, 해안가에서 뇌옥으로 향하는 길목이 그리 넓지 않아 한 번에 많은 병력끼리 부딪칠 일은 없을 것 같다는 것이었다. 이는 다수에게 불리할 수밖에 없는 지형이라는 뜻이다.

이안은 이 와중에 인벤토리에 고이 모셔 뒀던 카르세우스의 알이 생각났다.

'저 병사들 다 잡으면 신룡의 알이 깨어날 수도 있겠는걸.'

그리고 오랜만에 카르세우스 알의 정보를 한번 확인해 보았다.

카르세우스의 알

레벨 : 0 　　　　　　　分류 : 알
등급 : 전설(고유) 　　　성격 : 알 수 없음
부화 중 (28퍼센트)

고대 전설 속에 존재하던 신룡 카르세우스가 남긴 알이다.
카르세우스의 알은 부화하기 시작했다.
워 드래곤 카르세우스가 알을 깨고 나오기 위해선 강력한 전쟁의 힘이
필요하다.
알을 소유한 소환술사가 강력한 적을 상대로 승리할 때마다 카르세우스
는 조금씩 힘을 얻어 이윽고 알을 깨고 나올 것이다.

'강력한 적이라고 명시되어 있기는 하지만, 몬스터를 잡을 때보다는 확실히 인간형 적을 상대로 이겼을 때 부화율이 많이 올랐어.'

뇌옥의 간수들과의 전투가 끝나자 이제까지 20퍼센트 초반대였던 부화율이 5퍼센트도 넘게 차오른 것만 봐도 알 수 있었다.

이안은 욕심이 생겼다.

'5분만 더 버티면 될 것 같긴 한데…… 그냥 가기는 아쉽기도 하고…….'

한편, 이안이 이런저런 생각을 하는 동안 최전방까지 걸어나온 하르윈이 주름진 입을 천천히 열었다.

"카이자르, 오늘이 네놈 제삿날인가 보구나."

"후후, 글쎄올시다. 그건 대 봐야 아는 거고."

하르윈의 입술이 씰룩거렸다.

"놈, 버르장머리 없는 건 여전하구나."

"그러는 할배는, 노구를 이끌고 직접 나타난 걸 보니 전면전이라도 치르겠다는 건가?"

하르윈은 대답 대신 오른손을 번쩍 치켜들었다.

"공격하라! 루스펠의 떨거지들을 남김없이 처단하라!"

"와아아!"

커다란 함성.

그와 동시에 대격전이 시작되었다.

이안은 지금껏 이렇게 커다란 규모의 전투는 처음인지라 살짝 흥분되는 것도 느꼈다.

"떡대, 어비스 홀로 최대한 많이 묶어 줘!"

드륵- 드르륵-.

이안의 명령에 고개를 끄덕인 떡대가 천천히 앞으로 나아 갔다.

쿵- 쿵-

그리고 적들의 병력이 들이닥치는 순간, 떡대가 양팔을 앞으로 힘차게 뻗었다.

콰아아-!

떡대의 양 주먹 끝을 중심으로 형성된 심연의 회오리.

그 기류에 어림잡아도 수십은 되어 보이는 병사들이 빨려 들어갔다.

병사들의 레벨은 평균 120~130이었지만, 등급이 낮아서 그런지 상태 이상 효과에 대한 저항력이 무척이나 낮은 편이었다.

그런 적들에게 떡대의 어비스 홀과 이안의 전류 증식의 연계는 무척이나 효과적이었다.

지직- 지지직-!

순식간에 발이 묶인 수십 명의 카이몬 제국 병사들.

이안은 항상 그래 왔던 것처럼, 레이크의 브레스를 그 위에 쏟아내기 위해 명령을 내리려 했다.

그런데 그때, 이안보다 한발 빠르게, 그림자 하나가 허공에서 날아들었다.

"하아앗!"

그림자의 정체는 바로 이안의 가신(?) 카이자르였고, 발이 묶인 적들의 한복판으로 날아든 카이자르는 사방으로 어둠을 폭사시켰다.

콰아앙-!

그리고 그 기술의 정체를, 이안은 잘 알고 있었다.

'저거, 내가 준 칼에 붙어 있던 고유 능력이잖아!'

이안이 넘겨준 전설 등급의 무기인 다크 펜리르의 대검에는 '어둠 방출'이라는 부가 효과가 붙어 있었다.

어둠 방출은 공격시 30퍼센트의 확률로 사방에 어둠을 방출하는 부가 효과였는데, 그 효과가 어마어마했다.

-가신 카이자르가 '어둠 방출'을 사용하여 '카이몬 제국 정예병'에게 27,598만큼의 피해를 입혔습니다.

-'어둠 방출'의 효과로 인해 '카이몬 제국 정예병'의 방어력이 3초 동안 30퍼센트만큼 하락합니다.

어둠 방출은 기본적으로 시전자의 공격력의 250퍼센트만큼의 피해량을 가진다. 게다가 부가 효과인 방어력 하락까지 터지니 카이몬 제국의 병사들은 마치 불판 위의 버터처럼 녹아내리기 시작했다.

카이자르의 추가 공격이 이어졌다.

적진의 한복판에 착지한 카이자르가 대검을 두 손으로 모아 쥐고 나직이 읊조렸다.

"폭룡참-!"

쾅- 콰콰쾅-!

카이자르를 중심으로 시뻘건 검기의 향연이 사방으로 뻗어나갔다.

그리고 그 순간…….

그 일대의 수십이 넘는 카이몬 제국의 병사들이 새까맣게 그을린 채 허공으로 흩어졌다.

이안은 저도 모르게 감탄사를 터뜨렸다.

"크으……!"

경험치 획득을 알리는 시스템 메시지가 한 번에 셀 수 없이 많이 차오를 때의 쾌감은 말로 설명할 수가 없었다.

행복감을 느끼고 있는 이안의 귀로 카이자르의 한 마디가 틀어박혔다.

"좋아, 우리 영주, 방금 괜찮았어."

산통이 깨진 이안이 퉁명스레 대꾸했다.

"뭐가요?"

"방금 저 돌덩이가 쓴 거. 뭐야, 그거 어비스 뭐시기 있잖아."

"…….."

심지어 예술적으로 맞아 들어간 전류 증식은 보지도 못하고 떡대의 어비스 홀을 칭찬하는 카이자르였다.

이안은 잠깐 빈정이 상할 뻔했지만, 아직도 오르고 있는 경험치 게이지 바를 보며 마음을 달랬다.

'그래, 그래도 영주 놈이라고 안 한 게 어디야.'

이어서 인벤토리를 향해 빨려드는 보랏빛 기류는, 이안의 기분을 다시 행복하게 만들어 줬다.

"라이, 핀! 우린 저쪽으로!"

-알겠다. 주인.

꾸륵- 꾸륵-!

이안은 제국 병사들을 상대하면서도 힐끔힐끔 카이자르 쪽을 응시했다.

그리고 그때마다 감탄사를 속으로 삼켜야 했다.

'진짜 괴물이 따로 없네……'

서걱-!

카이자르의 칼질 한 방에 제국 병사들은 잿빛이 되어 사라졌다. 그의 기본적인 공격 자체가 강력하기도 했지만, 연속으로 두세 번 어둠 방출이 터지기라도 하면 일대는 순식간에 쑥대밭이 되어 버렸다.

'나도 가만히 있을 수 없지.'

카이자르의 활약이 워낙 대단해서 그렇지, 이안도 제법 130 레벨대의 병사들을 상대로 훌륭하게 전공을 올리고 있었다.

"소환수 치유술!"

그리고 뒤쪽에서 훌륭히 소환수들을 서포팅해 주는 세리아와 황실 기사단의 기사답게 엄청난 맷집을 자랑하며 앞에서 적들을 막아 주는 폴린과 함께 그는 순조롭게 카이몬 제국의 병사들을 상대해 나갔다.

하지만 그렇다고 해서 전체적인 전황까지 좋은 것은 아니었다. 워낙 카이몬 제국 병사들의 숫자가 많았기 때문이었다.

수적으로 열 배 이상이 차이 나는 병력이 끝없이 밀려 들어오자, 결국 루스펠 제국군은 조금씩 밀리기 시작했다.

이안은 슬쩍 퀘스트 시간을 확인했다.

'이제 슬슬 포로들이 배에 도착할 때가 되었는데……'

그런 이안의 생각을 읽기라도 한 것일까.

이안의 눈앞에 기다렸던 시스템 메시지가 떠올랐다.

띠링-.

-'전쟁 포로 구출(1)' 퀘스트를 완료하셨습니다.

-클리어 등급 : A

-전공 포인트를 2,000만큼 획득합니다.

-경험치를 24,859,000만큼 획득합니다.

-명성을 15,000만큼 획득합니다.

-레벨이 올랐습니다. 124레벨이 되었습니다.

막대한 경험치와 함께 떠오르는 레벨 업 알림 메시지에 이안은 싱글벙글한 표정이 되었다.

파스칼 군도에 와서 벌써 2레벨이나 오른 것이다.

'흐흐, 우리 가신님이 황금알을 낳는 거위로구나!'

영주를 막 대하는 가신에 대한 서운함은 언제 그랬냐는 듯, 눈 녹듯이 사라지고 말았다.

이안은 이제 적들을 따돌리며 배로 돌아가야 했지만, 눈앞의 경험치들이 아쉬워 쉬이 발길을 돌리지 못하고 있었다.

'아, 조금 더 싸우고 싶은데…….'

하지만 이안의 고민은 더 이상 이어질 수 없었다.

연이어 퀘스트가 떠올랐기 때문이었다.

띠링-.

전쟁 포로 구출하기(2)

연계 퀘스트.

전쟁 포로들이 배에 무사히 탑승하는 데 성공했다.

하지만 예기치 않게도, 카이몬 제국의 함대가 파스칼 군도에 나타났다.

그들을 따돌리고 포로들을 무사히 루스펠 황성까지 복귀시키자.

퀘스트 난이도 : SS

퀘스트 조건 : 전쟁 포로 구출하기(1) 퀘스트를 성공적으로 끝낸 유저.

제한 시간 : 10일

보상 : 전공 포인트 2,000

　　　　황실 공헌도 (클리어 등급에 따라 차등 지급)

　　　　명성 (클리어 등급에 따라 차등 지급)

신규 업데이트의 예고편 영상은 큰 파장을 몰고 왔다.

총 다섯 개의 메이저 게임 방송국뿐만 아니라, 작은 인터넷 방송국 같은 데에도 LB사에서는 각기 다른 NPC의 시점에서 본 트레일러 영상을 송출했기 때문이다.

덕분에 유저들은 여러 가지 채널을 골라 가며 시청하고, 각각 그 나름의 재미를 느낄 수 있었다.

공식 커뮤니티에 채팅방만 수백 개 이상 생성되어 있는 것을 봐도 그 열기를 느낄 수 있었다.

―와, 이렇게 대규모 전쟁은 처음 보네요. 장난 아닌데?

―그러니까요. 대충 봐도 수백 명 이상은 될 것 같은데 병사 숫자가……. 그런데 카이몬 제국이나 루스펠 제국이나, 제국 병사들은 레벨도 되게 높다고 들었는데, 맞나요?

―네, 맞음. 제가 알기로 최소 120레벨은 다 넘을 거예요 병사들도. 아마 장교들이나 기사들은 150레벨도 넘지 않을까 조심스레 추측을…….

―윗님 말이 맞음. 제가 얼마 전에 제국퀘 처음으로 받아서 수행하는데, 그때 저한테 제국퀘 줬던 기사단 간부가 170레벨 정도 되더라고요. 진짜 엄청남.

―와앗, 진짜요? 님도 진짜 부럽네요. 제국퀘라니…… 전 아직 레벨 80도 못 찍은 찌랭인데…….

―저도 레벨은 아직 두 자리 수에요. 운이 좀 좋아서 제국퀘 일찍 받을 수 있었던 거죠. 아무튼 엄청나네요. 저 같은 허약한 전사는 저 안에 끼어들면 곧바로 검정 화면 만날 수 있겠네요.

이번 2차 대규모 업데이트는 1차 업데이트 때처럼, 정해진 시간에 서버를 닫고 진행되는 방식이 아니었다.

대규모 트레일러 영상과 함께 특정 이벤트가 여기저기서 발동되고, 그 영상들을 송출하면서 자연스레 카일란 전체가 새로운 국면으로 들어가는 것이었다.

　게다가 업데이트 내용이 사전에 공지되지도 않은 상태였다.

　신규 업데이트에 대한 정보를 트레일러 영상들을 시청해야만 알 수 있었으니, 거의 모든 카일란의 유저들의 시선이 예고 영상에 쏠려 있다고 해도 과언이 아니었다.

　그렇지만, 수많은 영상들이 골고루 높은 조회수를 기록하고 있는 것은 아니었다. 대부분의 유저들의 관심이 쏠려 있는 가장 핫한 영상은 세 가지 정도로 간추릴 수 있다.

　첫째는, 중부 대륙의 안개가 걷히는 것을 시작으로 루스펠 제국과 카이몬 제국이 전면전을 위해 각기 토벌대를 이끌고 천공의 고원을 지나는 영상.

　두 번째는, 북부 대륙을 통해 카이몬 제국으로 진군한 루스펠 제국의 대군과, 그에 맞서 요크람 요새를 지키는 카이몬 방어군 사이의 공성전 영상.

　마지막으로 대륙 남부의 콜론해에서 벌어지는 두 제국 간의 해전을 담은 영상.

　이렇게 세 가지 영상의 조회수가 다른 영상들에 비해 압도적으로 높았다. 특히 진영을 떠나서, 가장 박진감 넘치고 신선한 영상미를 감상할 수 있는 콜론해의 해전 영상이 세 영상 중에서도 가장 높은 조회수를 기록하고 있었다.

　-크으, 진짜 가상현실의 한계는 어디까지일까요? 저기 뱃전으로 물 튀기는 것 좀 봐요.

-지금 그게 중요합니까? 아예 바다로 뛰어들어서 수영도 하고 있네, 저 병사 놈은.

-잠깐, 그런데 님들 아까 그 파스칼 군도에서 싸우던 이안 님은 어디 간 거죠? 갑자기 영상에 안 보이네?

-그러게요, 아까만 해도 그리핀 타면서 날아다니고 있었는데?

그리고 필연적으로 이안은 엄청난 유명세를 탈 수 밖에 없었다.

50레벨 때 루키 리그를 시작으로, 영지전에서의 활약 영상이 유캐스트에 공개되면서 빠르게 이름을 알리기 시작한 이안은 공략왕 이벤트와 이번 트레일러 영상을 통해 완전한 유명인이 되어 버린 것이다.

이안의 유명세는 어느새 한국 서버 랭킹 20위권 안에 들어가 있는 네임드 유저들 못지않게 불어나 있었다.

특히 공식 커뮤니티를 들락거리는 소환술사 유저들 사이에선 이안을 모르면 간첩 수준이었다.

-우리 이안느님 핀이랑 라이 어디 갔나요? 보고 싶은데…… YTBC 1채널 보여 주는 NPC가 갑자기 거리가 멀어졌는지 이안 님이 사라졌어요.

-님 3채널로 가 보셈. 거기 완전 이안 님 직캠 수준임.

-헐, 정말요? 바로 가 봐야겠다. 감사합니다.

특히, 이번 영상의 초반부에는 이안의 일거수일투족이 다 찍혀 나왔고, 심지어 이안이 소환수를 부리는 장면 장면이 전부 영상을 타고 퍼졌기 때문에 이안의 소환수들의 이름까지 유저들이 알게 된 것이었다.

게다가 130레벨대의 병사들을 거의 어린아이 다루듯 하며 압도적인 전투력을 보여 주는 라이와 핀은, 소환술사 유저들 사이에서 큰 화제가 될 수밖에 없었다.

ㅡ님들 근데 이안 님 소환수 중에 라이 있잖아요. 저거 옛날에 루키 리그에서 등장했던 붉은 갈기 늑대가 진화한 거 맞죠?

ㅡ다들 그렇게 추측하고 있는 분위기이긴 한데…… 확신할 순 없죠. 일단 저는 부정적으로 봅니다. 일반 늑대부터 진화해서 저렇게 말도 안 되게 강력한 소환수로 진화할 수 있을 리가 없잖아요.

ㅡ윗님 말에 동의. 사실 저도 붉은 갈기 늑대 키우고 있거든요. 자랑은 아니지만 지금 90레벨도 넘게 키웠고, 애정 쏟고 있는 소환수인데, 아직 도 진화할 생각을 안 해요. 90레벨 될 때 까지 희귀 등급이라니…… 진 화 하기는 하는 건지…….

ㅡ헐, 님은 붉은 갈기 늑대 진화 가능 떠 있어요? 전 아예 진화시키자 마자 희귀 등급에서 진화 불가 떠 버렸는데…….

ㅡ네, 저는 진화 가능 떠 있기는 해요. 도저히 진화할 생각을 안 해서 문제지……. 차라리 님처럼 진화 불가 떠 있었으면 좀 쓰다가 갈아탔을 텐데, 이거 완전 희망고문이에요.

ㅡ그나저나 이안 님은 레벨이 대체 몇일까요? 110은 확실히 넘어 보 이시고…… 어쩌면 120에 근접하셨으려나?

ㅡ노노, 소환술사가 어떻게 벌써 120레벨을 찍어요. 아무리 높아야 115정도 아닐까요?

-아니 그럼 저 전투력은 어떻게 설명함? 130레벨이 저 정도로 세다고 해도 믿기 어려울 지경인데.

-그……것도 그러네요.

이안을 향한 온갖 추측이 난무하기 시작했고, 한동안 소환술사 게시판에서만 신격화되던 이안이 슬슬 다른 클래스의 유저들 사이에서도 화제가 되고 있었다.

그만큼 예고편 트레일러 영상의 효과는 엄청났다.

한편, 이러한 상황을 전혀 알지 못하는 이안은 갑판에서 거의 외줄타기 수준의 전투를 벌이며 진땀을 빼고 있었다.

전투 자체가 수적으로 워낙 불리한 데다 난전인 것도 한몫했다. 그러나 무엇보다도 쉴 새 없이 거의 4시간여 동안을 싸우고 있었기 때문이다.

"전류 증식!"

지직- 지지직-!

이안의 전류 증식이 카이몬 제국 병사들을 훑고 지나갔다.

그런데 그때, 이안의 눈앞에 생각지도 못한 시스템 메시지가 떠올랐다.

-중급 전격의 정령 '쨱이'의 소환 지속 시간이 다 되어 역소환됩니다.

-이제부터 전격 속성의 정령 스킬을 사용할 수 없습니다.

"헐, 뭐야, 9시간이 벌써 다 지난 거야?"

중급 정령인 쨱이의 소환 지속 시간은 9시간 정도.

쨱이가 소환 해제되었다는 말은, 뇌옥부터 시작된 전투가

9시간이 지났다는 이야기였다.

'하, 이거 골 때리네…… 이제 슬슬 전류 증식 말고 다른 스킬도 배워야 하나?'

이안이 지금껏 전류 증식 외에 다른 공격 스킬을 배우지 않은 것에는 이유가 있었다.

한 가지 스킬만 주구장창 써야 스킬 숙련도가 빨리 올라가서 훨씬 효율적인 DPSDamage Per Second를 뽑아낼 수 있다는 사실을 알고 있기 때문이었다.

그 결과 이제 전류 증식의 레벨은 9레벨 초반.

Max레벨인 10레벨까지 1레벨만을 남겨 두고 있었기 때문에 다른 공격 스킬을 배우지 않고 있었던 것이었는데, 이제 슬슬 다른 공격 스킬을 고려할 때가 온 것이었다.

'하긴, 어차피 이제 숙련도도 눈곱만큼씩 오르고…… 9레벨이나 10레벨이나 파괴력이 그렇게 크게 차이나는 것도 아니니까 다른 스킬도 찾아봐야겠어.'

90레벨까지는 30레벨 단위로 새로운 스킬이 생성된다.

하지만 100레벨 이후부터는 새로운 스킬을 획득하기 위해서는 특별한 퀘스트를 클리어하거나, 몬스터를 통해 새로운 스킬북을 얻어야 했다. 또, 각 직업의 탑에 공헌도를 올려서 탑에 있는 스킬을 공헌도로 구입하는 방법도 있었다.

'근데 일단 여기부터 좀 탈출하고…….'

연계로 이어진 퀘스트는 더블S 등급의 난이도에 걸맞게

무척이나 어려웠다.

퀘스트 자체는 단지 세 척의 배를 이끌고 이스룬 항구까지 귀환하기만 하면 되는 간단한 내용이었다. 하지만 끈질기게 쫓아오며 계속해서 공격을 퍼붓는 카이몬 제국의 함대에게 잘못 걸리면, 그대로 퀘스트에 실패할 수밖에 없는 것이다.

"남작님, 전방 우현에 카이몬 제국 깃발입니다!"

갑판 쪽에서 들려오는 선원의 외침에 이안의 얼굴이 확 일그러졌다.

"아오, 뒤에서 쫓아오는 건 몰라도 저 앞쪽에선 대체 어떻게 나타나는 거야? 우리가 먼저 출발했는데."

혼잣말로 구시렁거리는 이안에게, 옆에 있던 카이자르가 핀잔을 줬다.

"그거야, 우리는 계속 싸우면서 항로가 틀어졌고, 저들은 직선으로 가로질러 왔으니 그렇지 않겠나."

그 말에 이안의 입에서 한숨이 절로 새어나왔다.

"후우……."

마지막으로 카이자르의 일침이 이안의 귓전을 파고들었다.

"일해라, 영주 놈아!"

구름 한 점 없는 맑은 하늘.

천고마비의 계절 가을을 맞아, 한국대학교에서도 축제가
시작됐다.

그리고 바로 축제의 첫날인 오늘.

가상현실과 학생들은 분주히 움직이고 있었다.

"유현아, 그쪽에 맥주 한 박스 있지?"

"네, 형!"

"그거 들고 이쪽으로 좀 와 봐!"

가상현실과는 축제 기간 동안 강의실을 개방하여 주점을
열기로 했다.

주점의 오픈 시간은 오후 6시. 그 때문에 낮부터 과 학생
들은 모두 분주히 움직이고 있었다.

"민아, 너는 아까 사 오라던 안주 재료들 다 사 왔어?"

"네, 오빠. 방금 수철이랑 미영이 데리고 마트에서 돌아오
는 길이에요."

"굿굿, 좋아!"

가상현실과 주점의 총 책임자는 가장 맏형인 세원이었다.

남학생들을 동원해 테이블을 세팅하고, 흰 천막으로 어수
선한 부분들을 가리고 나자, 제법 그럴싸한 주점의 모습이
보이기 시작했다.

"야, 유현아."

"네?"

"근데 진성이 앤 축제 때 아예 안 나온대?"

학과 주점은 과 전체가 참여하는 행사이긴 했지만, 참여 자체가 필수는 아니었다.

게다가 진성 외에도 참여하지 않는 인원이 많았기 때문에 진성이 나오지 않는다 해서 문제될 것은 없었다.

참여하지 않은 인원은 주점에서 얻은 수익을 나눠 갖지 못하는 시스템이었기에 불공정하지도 않은 것이었다.

하지만 참여하지 않는 인원들도 주점 준비를 거들지 않을 뿐 이미 학교에 나와서 축제를 즐기고 있었는데, 진성은 아직까지 코빼기도 보이지 않았기에 세원이 물어보는 것이었다.

"음…… 제가 꼬셔 놔서 아마 내일은 나올 텐데……."

"내일? 내일은 무슨 행사 있었지?"

"학과별 E스포츠 대회요. 거기 게임 종목들 중에 제가 알기로 진성이가 폐인처럼 팠던 것만 다섯 개는 되거든요."

세원이 반색했다.

"아, 그래? 그럼 우리 과 이번에 양주 한 박스 노려도 되는 거야?"

E스포츠 대회의 종합 우승 상품인 양주를 떠올린 세원은 입맛을 다셨다.

"아마도요? 진성이가 나오기만 한다면……."

"뭐, 나온다고 했으면 나오겠지. 약속을 지키지 않는 녀석은 아니잖아?"

"그야 그렇죠."

"그런데 오늘 같은 날은 학교 나와서 좀 놀고 그러지, 진성이 걔도 참 징그러운 폐인이다."

그 말에 유현이 피식 웃었다.

"그걸 이제 아셨어요?"

"뭐, 이제 안 건 아니지만…… . 그런데 걔 요즘 카일란에서 뭐해? 영주성에도 잘 안 나타나더만."

유현이 대답하려는 순간, 뒤쪽에서 불쑥 나타난 민아가 대신 입을 열었다.

"오빠 요즘 게임 채널 안 봐요?"

"응? 무슨 게임 채널."

"그냥 아무 게임 채널이나요. YTBC건 ATN이건…… ."

"그건 왜?"

그리고 민아의 입에서 알 수 없는 말이 이어졌다.

"진성이 요즘 과위선양 하고 있잖아요."

"과위선양? 그건 뭐야? 국위선양도 아니고…… ."

두 사람의 대화를 듣던 유현의 입에서 실소가 흘러나왔다. 민아의 말이 무슨 뜻인지 알아들은 것이다.

"말 그대로예요, 오빠. 우리 과의 위상을 드높이고 있다고요, 이안 영주님이!"

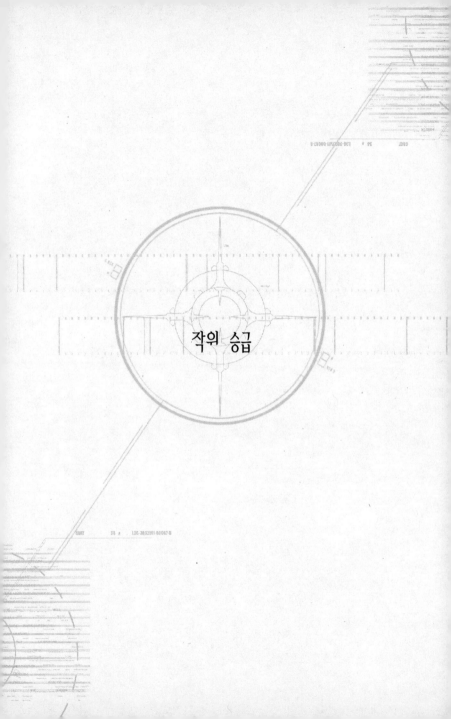

작위 승급

Taming Master

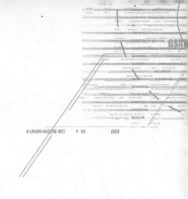

결론부터 얘기하자면, 이안의 퀘스트는 성공리에 마무리 되었다.

위태위태하던 마지막 순간에 이스룬에 주둔해 있던 루스펠의 수군들이 이안의 배를 마중 나온 것이다

악착같이 이안을 쫓던 카이몬의 해군들은 일단 뱃머리를 돌리는 것을 선택했고, 곧바로 전면전이 펼쳐지지 않을까 걱정했던 이안은 안도의 한숨을 내쉴 수 있었다.

이안이 안도하는 이유는 전면전으로 인한 위험성 같은 것 때문이 아니었다.

'휴우, 곧바로 전면전이라도 했으면 나 앞으로 몇 시간을 더 게임해야 했을까?'

이미 이안의 연속 플레이 타임은 38시간이 지나고 있었다.

지금도 온몸에 밀려오는 피로감 때문에 눈이 반쯤 감겨 있었던 것이다.

이안은 다른 것보다도 얼른 황성으로 돌아가 퀘스트를 완료한 뒤 눈을 좀 붙이고 싶었다.

쏴아아-.

이안이 탄 갈레온선을 필두로, 루스펠 제국의 함대가 무사히 이스룬의 항구에 도착했다.

덜컹-.

항구에 정박한 배의 닻이 내려가고, 이안은 무거운 몸을 이끌고 바깥으로 걸어 나왔다.

먼저 내린 폴린이 뿌듯한 미소를 지으며 이안의 손을 잡아끌었다.

"수고하셨습니다, 남작님. 정말 고생 많으셨습니다."

폴린의 말에 이안은 힘없이 고개를 끄덕이며 대답했다.

"후우, 폴린 님도 수고 많으셨습니다. 어찌어찌 돌아오긴 했네요."

이안의 축 늘어진 말에, 뒤따라 내린 카이자르가 피식 웃었다.

"뭘 그 정도 싸웠다고 힘이 하나도 없나, 내가 그 나이 때는 며칠 밤낮을 쉬지 않고 싸워도 팔팔했구먼."

카이자르의 핀잔에 이안이 어이없는 표정이 되었다.

'아니, 몇 살이나 차이난다고.'

겉으로 보이는 카이자르의 나이는 많이 쳐 줘야 30대 초반 정도로밖에 보이지 않았기 때문이다.

첫 만남 때야 봉두난발로 헝클어져 있는 새하얀 백발 때문에 나이를 짐작하지 못했지만, 제대로 된 복장까지 갖춰 입고 난 지금은 이안 또래의 나이로밖에 보이지 않았다.

새하얀 백발도 잘 정돈되자 오히려 신비로운 분위기까지 연출되었다.

"그래서 가신님은 몇 살인데요? 나랑 별 차이도 안 나는 것 같은데…….."

이안의 투덜거림에, 카이자르가 무표정한 얼굴로 대답했다.

"나 120살인데?"

"……?"

이안이 믿기지 않는다는 표정으로 카이자르를 응시하자, 그는 피식 웃으며 말을 이었다.

"아, 오차범위 5년 정도는 있을지도. 나이를 대충 센 지가 벌써 몇 십 년 넘었거든."

이안은 떨떠름한 표정으로 수긍할 수밖에 없었다.

"그, 그러시군요…….."

그리고 속으로 중얼거렸다.

'그래 뭐, 게임이니까 그럴 수도 있지…….'

여러모로 괴물 같은 가신님(?)을 힐끗 쳐다본 이안은 고개를 절레절레 저었다.

"앞으로 가신님 잘 모셔라, 영주 놈아."

"……."

티격태격하는 두 사람을 잠시 지켜보던 폴린이 웃으며 입을 열었다.

"자, 어찌 됐든 곧바로 황성으로 이동하시죠. 폐하께서 기다리고 계실 겁니다."

폴린의 말에 두 사람은 고개를 끄덕이며 걸음을 옮겼다.

"예, 그러죠."

"그러도록 하지."

루스펠 제국의 황성.

그리고 그 가장 심처에 있는 황제 셀리아스의 집무실.

돌아온 이안을, 셀리아스는 무척이나 반갑게 맞아 주었다.

"오! 수고했네, 이안 경. 임무는 훌륭히 완수했다고."

"그렇습니다, 폐하. 파스칼의 포로들을 전부 구출해 돌아왔습니다."

지난번에도 마찬가지였지만 제국 퀘스트의 결과 보고를 할 때면, 이안의 의지와는 상관없이 몸이 멋대로 움직여졌다.

착- 차착-!

절도 있는 동작으로 황제에게 예를 취하는 자신의 몸을 응시하며, 이안은 졸린 정신을 겨우 붙잡은 채 퀘스트가 끝나기를 기다렸다.

'이놈에 황실 예법은 뭐가 이리 복잡한 거야? 이런 리얼리티는 필요 없는데…….'

이안은 게임을 플레이할 때, 세부 디테일보다는 전체적인 기획력을 보는 편이었다.

그렇기 때문에 그에게 있어서 이런 자잘한 디테일은 귀찮기까지 했다.

"이번 파스칼 뇌옥 포로 구출 작전에서는…….."

심지어 이제는 퀘스트의 내용까지 알아서 보고하기 시작하는 것이 아닌가.

이안은 조금 어이가 없었지만, 정신이 멍해서 그런지 아무 생각도 나질 않았다.

'그래도 알아서 해 주니까 편하기는 하네…….'

하지만 이안에게만 별로 메리트가 없는 것이지, 사실 카일란의 변태같이 완벽한 디테일에 열광하는 유저들은 무척이나 많았다.

"훌륭하군, 훌륭해. 수고했네. 내 생각보다 더 잘해 줬어. 역시 이안 경이야."

"감사합니다, 폐하."

이안의 보고 내용을 다 들은 셀리아스가 밝게 미소 지었고, 이안의 두 눈에 퀘스트의 완료를 알리는 알림음이 떠올랐다.

띠링-

-'전쟁 포로 구출(2)' 퀘스트를 완료하셨습니다.

-연계 퀘스트를 모두 성공하셨습니다.

-클리어 등급 : S

-전공 포인트를 5,000만큼 획득합니다.

-경험치를 42,349,000만큼 획득합니다.

-명성을 25,000만큼 획득합니다.

-레벨이 올랐습니다. 126레벨이 되었습니다.

-첫 번째 연계 제국 퀘스트를 성공적으로 완수하셨습니다.

-루스펠 제국의 황실에 대한 공헌도가 1,000만큼 증가합니다.

피곤에 절어 퀭해 있던 이안의 두 눈도, 보상 목록이 떠오를 때만큼은 생기가 돌았다.

'힘들기는 했지만, 120레벨 대에 이렇게 광렙이라니……. 이 정도면 할 만하긴 한 것 같아.'

입가에 걸리는 뿌듯한 미소.

하지만 퀘스트 보상까지 전부 들어온 것을 확인한 이안의 두 눈은 천천히 감기기 시작했다.

정신력으로 참아 내고 있던 졸음이, '퀘스트 완료'라는 글귀를 보는 순간 일순간에 몰려들어 온 것이었다.

'아…… 침대에 누워야 하는데…….'

하지만 이안의 의지와는 별개로, 그는 점점 정신을 잃어
가기 시작했다.

　-'이안' 유저의 생체 신호를 분석한 결과 '수면' 상태로 판단됩니다.

　-게임 서비스 방침에 따라, '이안' 유저의 접속을 종료합니다.

　그리고 이안의 귓가에 셀리아스의 음성이 희미하게 흘러
들어 왔다.

　"이보게, 이안 경! 정신 차리시게!"

　진성의 원룸 앞.

　하린은 조심스레 벨을 눌렀다.

　딩동-!

　하지만 한참이 지나도 이안의 집에서는 기척조차 느껴지
지 않았다.

　'얘가 어딜 간 거지⋯⋯. 자나? 이 시간에 집에 없을 리가
없는데⋯⋯.'

　학교 축제에서 가상현실과에 주점이 열린다는 이야기를
들은 하린은 친구와 함께 놀러갔었다.

　하지만 진성이 오늘 학교에 오지 않았다는 이야기를 듣고,
금방 자리에서 일어나 진성의 집으로 온 것이다.

　'지금이 아직 저녁 9시밖에 안 됐는데⋯⋯ 벌써 자는 건가?'

캡슐 안에서 게임을 하고 있더라도, 초인종을 누르면 알림이 들어가도록 설계가 되어 있었기 때문에, 인기척이 없다는 말은 진성이 정말 안에 없거나 자고 있다는 뜻이었다.

진성은 잠귀도 밝은 편이었기 때문에 어디 잠깐 나간 것이라고 판단한 하린은 도어락을 열어 비밀번호를 치기 시작했다.

삑- 삐삑-.

지난 번 여분의 캡슐을 진성의 집에 두고 하린이 사용하기로 했던 이후, 진성은 하린에게 집 비밀번호도 알려 줬다.

사실 벨도 '예의상' 한 번 눌러 본 것이었을 뿐이다.

"어디 잠깐 나갔나 본데……. 저녁이라도 해 놓을까?"

하린은 왠지 우렁각시가 된 듯한 기분이 되어, 콧노래를 흥얼거리며 진성의 집으로 들어갔다.

삐릭- 삐리릭-!

하린이 문을 닫자, 도어락이 자동으로 잠겼고, 현관에 있던 센서 등이 켜졌다.

"지난번에 보니까 자취생 치고 제법 이것저것 많이 사다 놓았던데……."

원룸 한편에 가방을 내려놓고 부엌 쪽으로 움직이던 하린의 눈에 이안의 캡슐에 파란 불빛이 들어와 있는 것이 보였다.

'어……? 저거 캡슐 안에 사람이 앉아 있어야 들어오는 불인데?'

조금 당황한 표정이 된 하린은 천천히 이안의 캡슐로 다가 갔다.

"게임은 꺼져 있는 것 같은데…… 왜 이러지? 신형 기계가 벌써 오작동이라도 하는 건가?"

하린은 중얼거리며 캡슐의 오픈 버튼을 눌렀다.

그러자 치이익 하는 소리를 내며, 캡슐의 문이 젖혀 올라 갔다.

그리고 잠시 후, 하린은 자신도 모르게 헛바람을 집어삼 켰다.

캡슐 안에는 인사불성 상태의 진성이 몸을 축 늘어뜨린 채 눈을 감고 있었기 때문이었다.

"뭐, 뭐야. 진성아, 왜 여기서 이러고 자고 있어?"

하린은 진성의 어깨를 흔들어 깨워 보았다.

하지만 진성은 미동조차 하지 않았다.

그녀의 큰 눈이 더욱 커다랗게 확대되었다.

"진성아, 어디 몸 안 좋아? 너 게임 너무 오래 하다가 탈 난 거 아니야?"

아무리 흔들어도 진성이 일어나지 않자, 당황한 하린은 응 급실에 전화라도 해야 하는 것 아닌가 고민했다.

하지만 그녀가 스마트폰을 켜 번호를 누르려는 순간…….

드르렁- 푸우우-.

곧 진성의 코 고는 소리가 들려왔고, 하린은 피식 웃으며 스마트폰을 내려놓았다.

"어휴……."

하린은 실소를 머금고는 캡슐 안에 있는 진성을 끌어내기 위해 한쪽 팔로 그의 목을 감았다.

"진성아, 여기서 자면 허리 디스크 걸려…… 일어나! 침대로 가서 자야지."

마치 TV시청 중 쇼파에서 잠들어 버린 어린 아들을 일으켜 세우는 어머니의 심정으로, 하린은 진성을 캡슐 밖으로 끌어내기 위해 안간힘을 썼다.

하지만 여자인 하린이 힘없이 늘어져 있는 진성의 몸을 쉽게 빼 낼 수 있을 리 없었다.

'으, 얘 생각보다 무겁잖아?'

그런데 그때, 팔걸이에 얹혀 있던 진성의 팔이 하린의 허리를 휘감는 것이 아닌가.

"어…… 어어!"

순간 진성 쪽으로 쏠려 있던 하린의 상체가 무게중심을 잃으며 앞으로 쓰러졌다.

폭-.

쿠션의 바람이 빠지는 소리와 함께, 하린의 몸이 진성의 위로 살짝 포개어졌다.

당황한 하린의 새하얀 얼굴이 홍당무처럼 붉게 물들었다.

'뭐, 뭐야? 얘 안 자고 있었던 거야?'

새빨개진 얼굴로 슬쩍 고개를 돌려 진성을 본 그녀는 곧, 다시 울려 퍼지는 코고는 소리에 피식 웃을 수밖에 없었다.

'아니, 얘는 게임을 얼마나 오래 했으면 이렇게 세상모르게 자는 거지?'

하린도 YTBC 채널에 진성이 등장하는 것을 봤기 때문에, 그가 뭔가 스케일 큰 제국 퀘스트를 하고 있었다는 것을 알고는 있었다.

다만 40시간에 육박할 정도로 한 번도 접속 종료를 하지 않았으리라고는 짐작도 못 했을 뿐이었다.

"흠, 흠흠."

어색함에 낮게 헛기침을 한 하린은 한쪽 다리를 들어 캡슐 안쪽으로 슬쩍 몸을 밀어 넣었다.

그러자 푹신한 캡슐의 쿠션들이 벌어지며 진성의 옆 자리로 쏙 들어가졌고, 아까보다 안정적으로 진성의 품에 안긴 하린은 배시시 웃었다.

"헤헤, 잠깐만 이러고 있어 볼까?"

하린은 진성의 볼에 살짝 입을 맞추려다가 멈칫하고는 고개를 돌려 진성의 가슴팍에 머리를 올렸다.

진성에게 기회(?)를 주고 싶었던 것이다.

'그래도 뽀뽀는 남자가 먼저 해야지.'

만족스러운 미소를 지은 하린은 살짝 눈을 감았다.

축제날이라 조금 늦는다고 집에 미리 이야기해 놨기 때문에, 앞으로 1시간 정도는 시간이 있었다.

그리고…….

심지어 진성의 신형 캡슐은 침대 못지않게 안락했다.

"길드 전체에 공유되는 퀘스트라니. 이런 건 처음 보네요."

"게다가 제국 퀘스트야. 난이도는 더블S 등급이고."

카이몬 제국의 문양이 멋들어지게 수놓아진 커다란 깃발과 그 아래 함께 펄럭이는 타이탄 길드의 깃발.

그리고 깃발을 필두로 이백여 명도 넘는 타이탄 길드의 길드원들이 어디론가 향하고 있었다.

"준비해라, 에밀리. 곧 시카르 사막이다."

"예, 샤크란 님."

검붉은 핏빛 갑주, 그리고 허리 양쪽에 매달려 있는 두 자루의 기다란 장검.

한국 서버 전사 클래스의 랭킹 1위로 유명한 샤크란은, 성큼성큼 시카르 사막 안으로 진입했다.

일반 몬스터들의 평균 레벨대가 130이 넘는 시카르 사막은 아직 보통의 유저들에게는 불가침의 구역으로 통했지만, 샤크란의 걸음은 거침이 없었다.

"샤크란 님."

"왜."

"시카르 사막은 몰라도, 이어서 나오는 천공의 사막을 이 전력으로 지날 수 있겠습니까?"

세일론의 물음에, 샤크란이 잠시 생각에 잠겼다.

"흐음."

천공의 사막은 이안이 그리핀 부화 퀘스트 당시 제국의 기사단과 함께 뚫었던 지역이었다.

천공의 고원을 둘러싸고 있는 널따란 사막 지역인 천공의 사막.

천공의 고원보다야 등급이 낮은 지역이었지만, 그렇다고 해도 평균 레벨이 150도 넘는 어마어마하게 위험한 곳이었기에 세일론의 걱정도 무리는 아니었다.

현재 타이탄 길드 원정대의 평균 레벨은 120대 후반이었다.

길드 마스터인 샤크란은 140레벨도 넘는 초고레벨이었고, 기사 랭킹 2위인 세일론 또한 130대 후반의 무지막지한 레벨을 가지고 있었지만, 그래도 150레벨대의 몬스터가 득실득실한 천공의 고원은 위협적일 수밖에 없는 것이었다.

생각을 마친 샤크란이 천천히 입을 열었다.

"조금 우회하더라도 뚫어야 한다. 그곳을 지나야 중부 대륙으로 갈 수 있으니."

옆에 있던 에밀리가 걱정스러운 표정으로 말했다.

"전 오히려 아예 북부 대륙 통해서 국경을 넘는 게 나았을

지도 모른다는 생각이 드네요. 그렇게 되면 루스펠 제국군에 공격을 받을 수도 있겠지만, 그들이 오히려 천공의 사막에 등장하는 미이라들이나 몽크들보다는 약할 수도 있겠다는 생각이⋯⋯."

에밀리의 말에 샤크란은 고개를 저었다.

"아냐, 그럼 늦는다. 그리고 이동 중에 루스펠의 상위 길드에 들키기라도 하면 골치 아파져."

"그건 그러네요."

발목까지 움푹움푹 들어가는 사막길을 걸어 나가며, 샤크란은 속으로 생각했다.

'중부 대륙의 땅을 밟는 최초의 길드는 타이탄 길드가 될 것이다.'

카일란 오픈 초기부터 항상 모든 콘텐츠를 선점해 온 그였다.

전사 클래스 최초의 전직 유저는 아니었지만 50레벨을 최초로 달성해서 전사 직업의 탑을 지은 것도 그였고, 수많은 필드와 던전들의 최초 발견 보상까지 독식해 왔다.

샤크란은 게임에서 '선점'과 그로 인한 '선이익'의 효과가 얼마나 큰지 누구보다 잘 알고 있는 유저였다.

그렇기 때문에 이번 대규모 업데이트는 그에게 또 한 번의 기회였다.

'며칠 전에 완료한 제국 퀘스트 덕에 전공 포인트도 2천이

나 먼저 쌓았다. 빠르게 중부 대륙을 선점해서 길드 차원의 이득도 챙겨야 해.'

그리고 문득, 그의 머릿속에 한 유저가 떠올랐다.

최근 커뮤니티에서 폭발적인 화제가 되고 있는 소환술사 유저.

그리고 퀘스트 때문에 들렀던 파스칼 군도에서, 잠깐 동안 이지만 검을 맞대었던 유저.

이안을 생각하며 샤크란의 입꼬리가 슬쩍 말려 올라갔다.

'이안이라, 이안…… 또 만날 수 있었으면 좋겠는데…….'

그를 만나기 전까지 샤크란은, '소환술사' 클래스 자체를 대체로 쓸모없는 PVE 전용 클래스라고 생각해 왔었다.

지금까지 그가 만나온 소환술사들은 대부분 허약하기 그 지없었으니까.

하지만 이안은 달랐다.

비록 본신의 능력을 절반밖에 발휘하지 못하는 분신으로 상대한 것이었지만 그를 궁지에 몰아넣기까지 했다.

'중부 대륙에서 만날 수 있었으면 좋겠군. 물론 제대로 붙 는다면 상대가 되지 않겠지만 말이야.'

하지만 샤크란이 잘못 생각하고 있는 부분이 있었다.

당시 샤크란을 상대했던 이안도, 완전한 상태가 아니었으 니까.

그곳에는 이안의 소환수들 중 할리밖에 전장에 없었던 것이다.

어떻게 보면 그것은, 본체가 없었던 샤크란에 못지않은 패널티였다.

샤크란이 상념에 잠겨 있을 때, 길드 일행의 후미에서 누군가의 외침이 들려왔다.

"우측에 적이 등장했습니다!"

샤크란의 고개가 반사적으로 돌아갔다.

그리고 그의 시야에 들어온 것은, 140레벨 정도 되는 일단의 몬스터 무리였다.

"상대하고 움직인다. 모두 전투 대형으로 움직여!"

샤크란의 말에, 타이탄 길드의 유저들이 일사불란하게 움직였다.

그리고 샤크란의 신형이 빠르게 앞으로 쏘아져 나갔다.

'어디 몸 한번 풀어 볼까……?'

"흐아암……!"

잠에서 깬 진성은 시야가 무척이나 깜깜해 살짝 당황했다.

아무리 한밤중이라도 가로등 빛이라도 새어 들어와서 앞이 조금은 보여야 정상인데, 시야가 아예 칠흑같이 어두웠기 때문이었다.

"아, 어제 캡슐에서 잠들어 버린 건가?"

캡슐 안임을 인지한 진성은 손을 더듬어 버튼을 찾은 뒤

꾹 누르며 중얼거렸다.

"대충 생각나네……. 퀘스트 완료 뜨자마자 바로 정신을 잃었던 것 같은데……."

캡슐에서 나온 진성은 양팔을 쭉 뻗어 올리며 커다랗게 기지개를 켰다.

"으아아- 근데 지금 몇 시야? 새벽?"

시간을 확인하니 새벽 5시.

어제 잠들었던 시간을 생각하니 얼추 이해가 되기도 했다.

"그래도 12시간 넘게 잤네. 어쩐지 개운하더라니……."

진성의 시선이 신형 캡슐을 잠깐 바라봤다.

구형 캡슐도 내부가 제법 안락하게 되어 있기는 했지만, 신형 캡슐은 정말 침대에서 자고 일어난 것 같이 개운한 느낌이었다.

진성은 방 한쪽 구석에 있는 침대로 시선을 돌리며, 속으로 중얼거렸다.

'침대…… 버려 버릴까?'

진지하게 생각하는 진성이었다.

하지만 왠지 그랬다가는 돌이킬 수 없는(?) 폐인이 되어 버릴 것 같았기에 참기로 했다.

본능적으로 퀘스트 성공 보상들을 확인해 보고 싶었던 진성은 캡슐 안으로 다시 들어가려다가 멈춰 섰다.

뱃속이 요동쳤기 때문이었다.

"아…… 밥 먹은 지도 만으로 이틀이 넘었구나……."

진성은 캡슐을 다시 닫고 부엌으로 향했다.

배고픔을 인지한 순간, 참을 수 없을 정도의 허기가 몰려온 것이다.

'음, 그런데 이건 무슨 냄새지?'

탁자에 올려져 있는 의문의 쇼핑백을 들여다 본 진성은 순간 당황했다.

약간의 온기가 남아 있는 도시락이 들어 있었기 때문이었다.

그리고 그 위에는 작은 포스트잇에 앙증맞은 글씨체로 메모도 적혀 있었다.

─보온병에 들어 있는 국은 그냥 먹어도 되고, 볶음밥은 전자레인지에 3분 정도 데워 먹어!

"……."

메모를 읽은 진성은 당황했다.

'엄만가? 아냐, 엄마가 왔다 가셨을 리도 없지만…… 왔다 가셨으면 내가 아직 살아 있을 리가…….'

그리고 곧 하린을 떠올릴 수 있었다.

'하린이가 다녀갔나 보네. 게임 좀 하다 갔나?'

그러고 보니 집 안에서 하린의 향수 냄새가 좀 나는 것 같기도 했다.

끼익─.

의자를 당겨 앉은 진성은 도시락을 열어 식사를 시작했다.

쪽지에는 데워 먹으라고 쓰여 있었지만, 하린의 볶음밥은 그냥 먹어도 충분히 맛있었다.

"와…… 이거 진짜 맛있잖아!"

48시간 만에 먹는 밥은 그야말로 꿀맛이었고, 진성은 순식간에 도시락을 뚝딱 해치우고는 만족스러운 표정으로 침대에 드러누웠다.

침대 머리맡에 아무렇게나 놓여 있던 스마트폰을 든 진성은 하린에게 메시지를 보냈다.

-하린아 잘 먹었어! 정말 고마워, 이따가 학교에서 보자!

그리고 이안이 손에서 스마트폰을 내려놓기도 전, 곧바로 하린의 답장이 도착했다.

-오후 3시 반까지 역 앞으로 데리러 나오도록!

"……."

메시지를 본 진성은 당황했지만, 피식 웃으며 고개를 끄덕였다.

"그래 뭐…… 이렇게 맛있는 밥도 얻어먹었는데, 그 정도도 못 해 줄까."

한껏 기분이 좋아진 진성은 가벼운 걸음으로 캡슐로 들어갔다.

아직 오후 3시 반이 되려면 9시간 가까이 남아 있었다.

-카일란의 세계에 오신 것을 환영합니다.

익숙한 접속 알림음을 들으며 게임에 접속한 이안은 주변을 둘러보았다.

'영주 개인 침실이네. 강제 로그아웃돼서 이쪽으로 이동됐나 보군.'

일어난 이안은 가장 먼저 정보창을 열어 보상들을 확인해 보기 시작했다.

일단 가장 눈에 띄는 것은 명성치였다.

'크, 명성이 이제 일곱 자리 수가 넘었네.'

그동안 누적되어 쌓인 명성은 102만.

이안은 만족스러운 표정이 되었다.

'이 정도면 이제 자작으로 승급해도 괜찮지 않을까?'

남작이 자작으로 승급하는 데 소모되는 명성치는 80만이었다.

하지만 딱 80만 정도의 명성일 때 승급하는 것은 별로 좋지 못한 선택이었다.

영주가 가지고 있는 명성치가 낮으면 가신들의 충성도가 떨어지고, 민심 수치가 낮아지기 때문이다.

이번 제국 퀘스트를 하기 전까지 이안의 명성치는 85만 정도에 불과했다.

하지만 100만이 넘은 지금은 승급을 하고 나도 20만이나 남기 때문에 큰 문제가 없을 것 같았다.

이안은 정보 창을 열어 작위 승급 탭으로 들어갔다.

'그래, 승급시키자.'

어차피 영지 등급의 다음 단계인 대영지로의 승급을 위해
서도 자작 작위는 필수였다.

이안은 망설임 없이 승급 버튼을 눌렀다.

그와 동시에 떠오르는 시스템 메시지.

초록색 메시지로 떠오르는 것을 보아, 모든 길드원에게 전
해지는 메시지인 듯 보였다.

-'영주' 이안 유저의 작위가 '남작'에서 '자작'으로 승급되었습니다.

-영주의 작위가 한 단계 승급되어, 길드 명성이 1만 만큼 증가합니다.

-영주의 작위가 상승하여, 영지의 민심이 5 만큼 상승합니다.

한 번에 주르륵 나열되는 시스템 메시지들.

그리고 초록색 메시지가 끝이 나자, 이안 개인에게만 떠오
르는 백색의 메시지가 떠올랐다.

-작위가 상승하여, 가신으로 등록할 수 있는 NPC의 최대치가 5만큼
늘어납니다.

-작위가 상승하여, 가신들의 충성도가 5 만큼 상승합니다.

메시지들을 쭉 읽어 내려가던 이안은 가신들의 충성도가
상승했다는 내용을 보고, 문득 궁금해진 것이 있었다.

'원래 내 가신들의 충성도가 몇이었지?'

이안은 가신 목록에 있는 정보창을 열어 충성도를 하나씩
확인하기 시작했다.

가신 목록(충성도)

충성도 최대치는 100입니다.
세리아
레벨 : 110 / **직업** : 소환술사 / **등급** : 영웅
충성도 : 98
말라임
레벨 : 107 / **직업** : 전사 / **등급** : 희귀
충성도 : 85
텐푸스
레벨 : 114 / **직업** : 사제 / **등급** : 일반
충성도 : 82
세리우스
레벨 : 109 / **직업** : 마법사 / **등급** : 유일
충성도 : 90
로르텐
레벨 : 110 / **직업** : 전사 / **등급** : 희귀
충성도 : 85
카이자르
레벨 : 246 / **직업** : 전사 / **등급** : 신화
충성도 : 5

'역시 신경을 많이 써 줄수록 충성도가 높구나······.'

이안이 가장 신경 썼던 가신은 카이자르를 등용하기 전까지 가장 등급이 높았던 세리아였다.

그리고 그 다음으로 등급이 높은 세리우스가 역시 세리아 다음으로 충성도가 높았다.

그것을 본 이안은 속으로 뜨끔했다.

'내가 좀 속물이었나?'

약간의 반성을 하며, 가신 목록의 마지막을 확인한 이안은 표정이 확 구겨질 수밖에 없었다.

"……역시, 괜히 영주 놈이라고 하는 게 아니었어."

새로운 가신인 카이자르의 충성도는 무려 5.

이마저도 방금 이안이 자작으로 승급해서 생긴 충성도였지, 원래의 충성도는 0이었던 것이다.

이안은 갑자기 불안해졌다.

'카이자르가 혹시 깽판이라도 치면 어떡하지?'

충성도 5 정도면, 사냥 중에 이안의 뒤통수를 후려갈겨도 이상하지 않을 정도의 수치다.

이안의 등줄기를 타고 순간 식은땀이 흘러내렸다.

'카이자르가 뒤통수를 갈기면 난 바로 게임 아웃이겠지…….'

호환마마보다 두려운 가신 카이자르.

이안은 고개를 절레절레 저으며 영주실을 나가기 위해 걸음을 옮겼다.

끼이익ㅡ.

그리고 방 문을 여는 순간.

"자작님, 몸은 좀 괜찮으십니까?"

이안의 귓전으로 낯익은 목소리가 들려왔고, 이안의 시선이 자연히 그쪽을 향해 돌아갔다.

"음?"

이안을 부른 이는 다름 아닌 폴린이었다.

'아니, 폴린이 왜 여기 있지?'

이안은 의아한 표정으로 폴린을 향해 물었다.

"아니, 폴린 경이 왜 여기에……?"

이안의 물음에 폴린은 가볍게 예를 취해 보이며, 붉은 천으로 만들어진 두루마리를 공손히 내밀었다.

"폐하께서 자작님이 깨어나시면 전하라신 서신입니다."

그리고 이안이 그것을 받아들자, 폴린의 말이 다시 이어졌다.

"그리고 폐하께서, 제게 앞으로 자작님을 모시라 명하셨습니다."

척-.

절도 있는 동작으로 다시 예를 취하는 폴린.

이어서 이안의 눈앞에 시스템 메시지가 떠올랐다.

띠링-.

-'뇌전의 기사 폴린'이 당신의 가신이 되길 원합니다.

위이잉-.

드라이기로 대충 머리를 말린 진성은, 빠르게 옷을 꺼내

입고 하린을 만나기 위해 집을 나섰다.

'역시 남자로 태어난 건 축복인 것 같아.'

진성이 집을 나가기 위해 준비하는 시간은 샤워 시간을 포함해도 15분이 채 안 되었다.

여자였다면 머리에 묻은 샴푸 거품조차 다 씻어 내지 못했을 짧은 시간이었다.

그랬다면 진성은, 아예 캡슐 안에서 한 발도 움직이지 않았을지도 몰랐다.

'날씨가 꽤 쌀쌀해졌던데…….'

옷장 안을 뒤져 학기 초에 강매당한 과 잠바를 걸친 진성은 가벼운 걸음으로 정류장을 향해 걸었다.

하린과 만나기로 한 시간까지는 아직 제법 여유가 있었다.

"가는 길에 슈크림 빵이나 한 개씩 사 갈까?"

문득 하린이 좋아하는 슈크림 빵이 떠오른 그는, 정류장에 도착하기 전 골목 어귀에 있는 빵집에 들어갔다.

딸랑−.

그런데 그곳에서, 진성은 생각지 못한 인물을 만날 수 있었다.

"잡았다, 요놈!"

그것은 다름 아닌 유현이었다.

마침 등굣길에 빵집에 들른 유현을 마주친 것이었다.

"뭐? 잡긴 뭘 잡아. 무슨 말이야?"

당황한 표정으로 묻는 진성을 째려보며, 유현은 말을 이었다.

"너 오늘 내가 학교 무조건 잡아갈 거야. 다시 집에 들어갈 생각일랑 마라."

유현의 단호한 말에, 진성은 피식 웃었다.

"걱정 마, 인마. 안 그래도 학교 가려고 나온 거니까."

하지만 유현의 의심은 쉽사리 풀리지 않았다.

"웃기지 마. 내가 모를 줄 알아? 빵집 온 걸 보니, 집에 식빵이 떨어진 거야. 게임하다가 배가 고팠던 거지."

제법 예리한 유현의 추리력이었지만 진성은 정말로 억울했다.

"아, 아니야. 나 정류장에서 하린이 만나기로 했단 말야. 하린이랑 같이 학교 갈 거야. 걱정 마."

게슴츠레 하던 유현의 두 눈이 금세 휘둥그레졌다.

"잉? 하린이 만나기로 했다고?"

그리고 유현의 입꼬리가 씨익 올라갔다.

"이거, 이거. 하린이 데리러 나온 거구만?"

진성이 떨떠름한 표정으로 대답했다.

"그, 그렇지."

"오……."

유현이 진성의 귓가에 다가와 조심스레 물었다.

"너희 사귀는 거냐, 이제?"

"음…… 그건…….."

진성이 곤란한 표정이 되었다.

그에 유현이 고개를 절레절레 저으며, 혀를 찼다.

"쯧쯧, 너 솔직히 말해 봐."

"뭘?"

"너…… 고자 맞지?"

폐부를 찌르는 듯한 날카로운 유현의 공격에, 진성은 꿀
먹은 벙어리가 되었다.

"무슨 그런 말을……!"

"아니라고는 못하네."

"아니, 어이가 없으니까 그러지. 왜 멀쩡한 사람을 고자로
만들고 그래?"

"아니, 고자가 아니면, 하린이같이 예쁜 애가 그렇게 잘해
주는데 어떻게 아직도 고백을 못해?"

순간, 진성은 반박할 말을 찾지 못했다.

"어휴, 이 답답한 놈을 어째야 되나."

빵집을 나서면서도 마치 제 일인 양 한숨을 푹푹 쉬는 유
현을 보며, 진성이 발끈했다.

"야, 그러는 너는? 너도 솔로인 주제에. 솔로끼리 그러는
거 아니다?"

억울함이 가득 담긴 진성의 말에, 유현은 회심의 미소를
지었다.

"뭐? 누가 솔로라고?"

"너. 너 말이야 너."

"후훗."

승자의 미소를 지어 보인 유현이 앞장서 걸으며 진성을 비웃었다.

"형 이제 솔로 아니다, 인마."

"……!"

그야말로 청천벽력과도 같은 한마디였다.

그런데 그때였다.

저 멀리서 어쩐지 낯익은 실루엣 하나가 이쪽을 향해 다가오는 것이 보였다.

"유현아!"

동시에 꿀이 뚝뚝 떨어질 것만 같은 목소리가 들려왔다.

그 목소리의 주인공을 확인한 진성은 경악했다.

"서, 설마?"

"후후, 나 며칠 전부터 민아랑 사귄다, 진성아."

순간, 해일처럼 밀려오는 상실감에 진성은 들고 있던 빵봉투를 바닥에 떨어뜨렸다.

툭-

민아는 같은 가상현실과의 동기였고, 같은 솔로부대인 줄 알았던 유현은 커플로 모자라 무려 과CC가 된 것이었다.

"……"

멍한 표정으로 있는 진성에게, 유현은 마지막 한 마디를 남기며 멀어졌다.

"형 먼저 가 본다, 인마. 하린이 손 꼭 붙잡고 학교 와야 돼! 집으로 다시 들어가면 안 된다!"

마지막까지 당부를 잊지 않는 유현을 보며 진성은 허탈한 표정으로 중얼거렸다.

"유현이가 떠나다니……."

로터스 길드의 인사 담당인 카윈은, 빼곡하게 쌓여 있는 가입 신청 메일을 확인하느라 두 눈이 퀭해졌다.

"와, 예고편 영상이 확실히 영향력이 크기는 하구나. 무슨 아무리 봐도 끝이 없네."

이제 제법 높은 랭킹 대에 올라선 로터스 길드는, 평소에도 가입 신청이 끊이지 않고 들어오는 편이기는 했다.

하지만 요 며칠 사이 들어온 가입 신청 건수만 2천 건.

심지어 레벨 제한이 90으로, 제법 높게 걸려 있다는 것이 더 놀라운 사실이었다.

"레벨 제한 110 정도로 올려 버릴까, 확?"

일단 100레벨 이하의 유저들을 다 잘라 버린 카윈은 그래도 수백 통이나 남아 있는 가입 신청 메일들을 보며 한숨을 푹푹 쉬었다.

하지만 수뇌부인 카윈 자신조차 110레벨대였기 때문에, 그것은 아무래도 무리였다.

"어디 보자, 이제 길드에 남은 자리가……."

－로터스 길드 총원 (225/250)

영지 시스템이 오픈되기 전까지, 길드의 총원은 길드 랭킹 고하에 관계없이 무조건 200명으로 한정되어 있었다.

하지만 거점지 시스템이 생기면서, 길드 소유의 거점지가 추가될 때마다 받을 수 있는 길드원 숫자의 최대치도 확장되게 되었던 것.

물론 확장되는 길드원 총원의 수치에는 소유한 거점지의 숫자 뿐 아니라, 등급도 반영이 되었다.

현재 로터스 길드의 거점지는, '영지' 등급인 로터스 영지 한 곳이었다.

영지 등급의 거점지는 길드원 최대치를 50명 늘려 주었고, 그랬기에 현재 로터스 길드의 영입 가능한 길드원 최대치는 250명이었던 것이었다.

"내일이나 모레쯤이면 올리버스 마을도 병합시킬 수 있을 테니까……."

촌락 등급인 올리버스 마을이 길드 소속 거점지가 되면 최대 인원이 25명 더 늘어날 것이고, 그러면 제법 여유가 생긴다.

카윈은 침침한 눈을 비비며, 꼼꼼히 메일 하나하나를 읽어 내려가기 시작했다.

"휴우…… 면접은 피올란 님한테 도와 달라고 해야겠어."

최종적으로 거르고 나면, 100~110레벨 정도의 유저들이 대다수 남을 것이었고, 그 정도 레벨차이라면 한두 단계 높은 레벨보다는, 길드와 잘 맞을 만한 유저인지를 판단하는 게 무척이나 중요했다.

그렇기 때문에 면접은 필수였다.

면접 생각에 더욱 피곤해진 카윈은 한숨을 푹 쉬며 중얼거렸다.

"내가 이번 방학 때는 서울 올라가서, 형들한테 밥 꼭 얻어먹고 만다."

"박진성, 박진성!"

"우오오, 이안이다! 이안이 우리학교였어!"

한국대학교의 대강당.

그리고 그 커다란 강당 중앙에 배치되어있는 열 대의 가상현실 캡슐.

그 안에 들어가 게임을 준비하고 있는 진성에게로 엄청난 환호성이 쏟아져 나왔다.

"아니, 내 아이디를 어떻게 아는 거야?"

아직도 자신의 얼굴이 게임 방송에 대문짝만하게 팔려 나간 사실을 모르는 진성으로서는, 충분히 당황스러울 만한 상황이었다.

"어후, 시끄러워서 게임에 집중이나 할 수 있겠나, 이거."

진성은 투덜거리며 캡슐의 뚜껑을 닫았다.

와아아-!

엄청난 열기가 밀폐된 캡슐 안까지 느껴졌다.

물론 처음부터 이렇게 과별 E-스포츠 대회의 열기가 엄청났던 것은 아니었다.

강당 메인 스크린에 확대되어 떠오른 진성의 얼굴을 누군가 알아보기 시작했고, 그것을 시작으로 분위기가 달아오르기 시작한 것.

강당 한편에 자리 잡고 앉아 있던 가상현실과 학생들은 뿌듯한 표정이 되어 경기를 관람하기 시작했다.

"야, 유현아, 이번이 몇 번째 경기지?"

"지금…… 체육교육과랑 경영학과 이겼으니까 세 번째네요."

"그럼 이번만 이기면 준결승인가?"

"네, 그런 듯하네요."

"크으……."

세원의 시선이 강당 한쪽에 쌓여 있는 양주 박스를 향해 돌아갔다.

"오늘 밤 거하게 한잔 할 수 있는 거지, 유현?"

유현은 고개를 끄덕이며 주먹을 불끈 쥐었다.

"물론이죠. 제가 볼 때 진성이 쟤, 아직 몸도 안 풀렸어요."

"뭐? 정말?"

지금 진성이 가상현실과 대표로 나가서 플레이하고 있는 게임은, 한때 엄청난 돌풍을 일으켰던 AOS 장르의 게임이었다.

가상현실 시스템이 접목된 최초의 AOS 게임인 리그 오브 카오스.

AOS이란, 양팀 각각 다섯 명의 유저가 접속하여 총 열 명의 유저가 정해진 맵 안에서 상대의 진영을 공격하는 방식으로 진행되는 게임이었는데, 가상현실 안에서의 AOS장르는 기존 PC 게임일 때의 AOS와는 또 다른 맛이 있었다.

PC게임일 때의 AOS는 유저가 캐릭터를 컨트롤 하는 데 한계가 있었다.

아무리 뛰어난 유저라도 마우스와 키보드를 사용해서 플레이하는 것은 같았고, 유저 능력과 관계없이 같은 스킬을 사용하면 정확히 같은 수치의 피해를 입힐 수밖에 없는 구조였던 것.

하지만 가상현실 속의 AOS는 그렇지 않았다.

가상현실 안에서의 전투는, 단 한 명의 실력자의 컨트롤 여하에 따라 5:1의 싸움도 이길 수 있을 만큼 '컨트롤'의 요소가 중요하게 작용했다.

같은 공격 스킬을 사용하더라도 어떤 부위를 맞추느냐, 얼마만큼 정확한 타이밍에 맞추느냐에 따라 피해량이 천차만 별로 달라지는 것이다.

그리고 방금 전까지 벌어졌던 두 번의 경기에서, 진성은 그야말로 압도적인 실력을 보여 줬다.

말 그대로 다섯 명이서 하는 게임을 혼자의 힘으로 캐리해 보인 것이다.

하지만 이것조차도 아직 몸이 덜 풀린 것 같다는 유현의 말에, 세원은 기대감에 찬 표정으로 스크린을 향해 시선을 돌렸다.

"자, 이번에도 한번 보여 줘라, 진성아!"

이번 상대는 제법 강팀으로 알려져 있는 컴퓨터공학과.

하지만 지난 두 경기에서 압도적인 실력 차를 보여 준 진성 덕에, 가상현실과의 그 누구도 패배를 생각하고 있지 않았다.

"승찬이가 구멍이라 좀 불안불안했는데, 진성이가 구멍 메우고도 남네."

들뜬 세원의 말에, 유현이 고개를 끄덕였다.

"당연하죠. 쟤 고등학교 때 프로 제의도 받았던 녀석이에 요. 물론 어머니가 단칼에 잘라 버리셨지만……."

"……."

두 사람이 떠드는 동안, 게임이 시작되었고, 대강당의 분위기는 더욱 더 달아오르기 시작했다.

AOS 게임에서 진성의 포지션은 미드.

팀의 핵심 공격수이자, 언제든 아래위로 움직이며 팀을 케

어해 줄 수 있는, AOS 게임의 가장 빛나는 포지션이었다.

그리고 가상현실과 학생들의 기대에 부응하기라도 하듯 게임이 시작된 지 고작 3분 만에 진성이 첫 번째 킬 포인트를 따냈다.

-퍼스트 블러드! 언데드 팀의 유저 '진성'이 첫 번째 킬 포인트를 올렸습니다!

그와 동시에 진성의 얼굴이 화면에 비추고, 사방에서 환호의 목소리가 터져 나왔다.

하지만 그것은 시작일 뿐이었다.

"뭐, 뭐야? 저기서 어떻게 저런 움직임이 가능한 거지?"

"아니, 무슨 반응속도가 저래? 저게 사람이야?"

여기저기서 튀어나오는 경악에 찬 탄성들.

진성은 이론적으로나 가능하다는 플레이들을 밥 먹듯이 펼쳐 보이며, 상대 팀을 압박하기 시작했다.

-트리플 킬! 유저 '진성'이 미쳐 날뛰고 있습니다!

진성이 플레이하는 영웅은, RPG게임의 직업으로 따지자면 마법사와 암살자를 섞어 놓은 듯한 느낌의 스킬 구성을 가지고 있었다.

비교적 짧은 재사용 대기 시간의 공간이동 스킬과, 수많은 변수를 만들어 낼 수 있는 시간 되돌리기 스킬까지.

하지만 생명력이 무척이나 낮아서, 조금이라도 컨트롤 미스가 나면 그대로 사망해 버리는 허약한 캐릭터이기도 했다.

'하지만 안 맞으면 그만이지.'

유현은 리그 오브 카오스를 플레이할 당시 진성이 입에 달고 살던 한마디를 떠올리며 피식 웃었다.

"우와아, 저기서 벽을 타고 저쪽으로 넘어갔어!"

"아니, 저기 있는지는 어떻게 알고 예측샷을 쏘는 거야? 쟤 맵핵 아니야?"

마치 물 만난 고기처럼 전장을 휘젓고 다니는 진성.

게임은 어느새 중반에 접어들었고, 그동안 쌓인 킬 포인트로 인해 진성은 언터쳐블 수준의 초강자가 되어 있었다.

-더블 킬! 트리플 킬-!

진성의 스킬이 한 번 쏘아질 때마다 여지없이 회색빛으로 변하는 컴퓨터 공학과의 선수들.

-쿼드라 킬!

다섯의 적 영웅 중, 네 명을 연달아 사살했을 때 떠오르는 '쿼드라 킬' 메시지가 울려 퍼지자, 가상현실과 학생들이 일제히 자리에서 일어났다.

유현이 흥분해서 소리쳤다.

"가자, 펜타킬!"

그리고 진성의 양손에서 쏘아진 새하얀 빛줄기가 컴퓨터 마지막 남은 컴퓨터공학과 선수의 목덜미를 관통하고 지나갔다.

-펜타 킬! '진성', 그는 전설입니다.

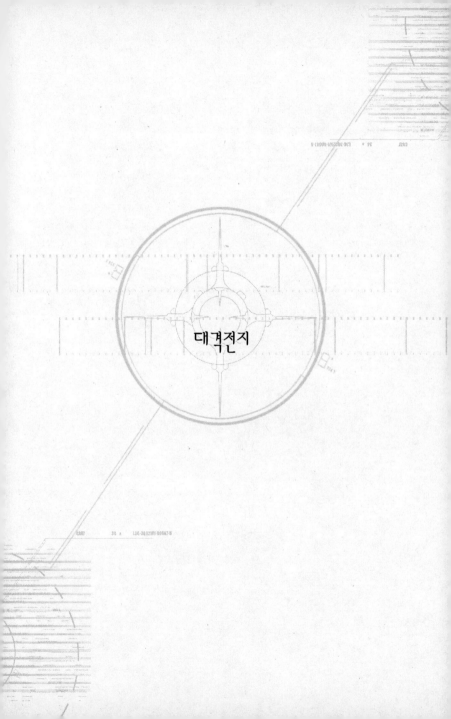

대격전지

카이자르와 폴린의 존재는, 패키지 게임에서의 '치트키'에 버금갈 정도의 이점을 이안에게 가져다 주었다.

하지만 문제가 없는 것은 아니었다.

"가신님, 영지 방어전 해야 하는데…… 도와주시면 안 됩니까?"

"싫다. 귀찮아."

영주성 뒷마당 정자에 누워 한가로이 낮잠을 자고 있는 카이자르.

이안은 그를 설득하기 위해 열심히 논리를 펼쳤다.

"아니, 영지 뺏기면 거기 누워 있지도 못합니다. 지켜야 할 것 아닙니까."

하지만 카이자르를 움직이기엔 역부족이었다.

"가라, 영주 놈아. 빨리 가서 내 잠자리를 지키도록."

"……."

그는 박물관에 전시된 석고상처럼 똑같은 자세로 미동조차 하지 않고 누워 있기만 했다.

결국 이안은 포기하고 영지 방어전에 나설 수밖에 없었다.

"준비됐습니다, 영주님."

그래도 명령을 충실히 잘 이행하는 폴린을 보며, 이안은 위안을 얻었다.

'그래, 폴린만 있어도 어디야. 폴린만 도와줘도 어지간한 영지전에서 질 일은 없겠지.'

카이자르를 대동하고 중부 대륙 거점지 영토 전쟁을 휩쓸고 다닐 꿈에 부풀어 있던 이안은 아쉬운 표정으로 고개를 끄덕였다.

"그래, 폴린, 가자."

오랜만의 영지 방어전.

오래 끌 것도 없이, 단 세 번의 경기로 로터스 길드는 영지 방어에 성공했다.

상대 길드는 예전 폴라리스 길드보다도 더 약한 수준의 길드였고, 그동안 힘을 많이 비축한 로터스 길드는 전력을 다 사용해 보지도 않고 방어에 성공이다.

게다가 영지 방어전이 끝나는 날, 조건을 모두 충족시킨 올리버스 마을의 병합도 함께 이루어졌다.

－올리버스 마을(등급 : 촌락)을 로터스 길드의 영지로 흡수하는 데 성공했습니다.

－거점지의 이름을 정할 수 있습니다. (정하지 않는다면 자동으로 '올리버스'라는 이름이 유지됩니다.)

이안은 어떤 이름을 지을지 잠시 동안 고민했고, 그 모습을 본 헤르스가 일침을 날렸다.

"야, 됐다. 올리버스 이름 괜찮구만 뭘 새로 지으려고 그래. 뿍뿍이 같은 이름 지으려고?"

헤르스의 말에 옆에 한가로이 배 깔고 엎어져 있던 뿍뿍이의 시선이 움직였다.

찌릿-.

하지만 헤르스는 아랑곳하지 않았고, 이안도 선선히 수긍하며 고개를 끄덕였다.

"그래. 그럼 이름은 그냥 두지 뭐."

이름을 올리버스로 확정하자, 연이어 시스템 메시지가 떠올랐다.

－'올리버스'촌락의 지도자가 필요합니다.

－길드원 중, 올리버스 촌락의 지도자가 될 유저를 선택하십시오.

이안이 고개를 돌려 헤르스를 보았다.

"야, 네가 할래?"

그 말에 헤르스는 고개를 저으며 대답했다.

"아니, 클로반 형 주자. 난 아직 작위 받으려면 좀 더 걸려. 지금 작위 있는 게 클로반 형이니까, 그 형 지도자 임명하면 곧바로 올리버스도 영지 등급으로 올릴 수 있을 거야."

"아, 너 아직 작위 못 받았냐?"

"응. 아마 몇 주일 내로는 되지 않을까 싶네."

그 외에 몇 가지 자잘한 설정을 더 마치고 나자, 클로반이 올리버스의 촌장으로 임명됨과 동시에 보상 메시지가 주르륵 떠올랐다.

-로터스 길드의 거점지 규모가 확장되어, 길드 명성이 1만 만큼 상승합니다.

-로터스 길드의 거점지가 2개 이상이 되어, 로터스 영지가 '핵심 거점지'로 지정됩니다.

-로터스 영지와 올리버스 촌락의 교역이 활성화됩니다.

-문화 포인트가 15만큼 증가합니다.

-경제 포인트가 15만큼 증가합니다.

추가로 이어지는 여러 가지 부가적인 생산성 향상을 보며, 이안은 만족스러운 표정이 되었다.

'대영지로 승급시킬 수 있는 조건이나 한번 확인해 볼까?'

그리고 정보 탭을 누르자, 대영지로의 승급 조건들이 쭉 떠올랐다.

이안과 함께 승격 조건들을 확인한 헤르스가 조목조목 따져 보았다.

"되게 까다롭네. 일단 첫 번째 조건이……."

헤르스의 시선이 이안을 향했다.

"네 레벨이 130이 넘어야 한다는 건데, 너 레벨 몇이냐 지금?"

"127이다. 아마 곧 128 될 듯."

"……?"

첫 번째 조건부터 아직 턱도 없음을 어필하려 했던 헤르스는 당황한 표정이 되었다.

"야, 너 120레벨 찍은 지 얼마나 됐다고 벌서 127레벨이야? 대체 레벨 업 어떻게 한 거냐?"

이에 이안은 별것 아니라는 표정을 지으며 대답했다.

"제국 퀘스트 한다고 좀 굴러다녔더니……. 무튼, 130레벨은 조만간 찍으면 되는 거고 다른 조건들이나 생각해 보자."

잠시 벙찐 표정이 된 헤르스.

"그래 뭐, 너 때문에 당황하는 게 한두 번도 아니고……."

하지만 그는 곧 그러려니 수긍하며 말을 이어 갔다.

"네가 자작이니까 두 번째 조건은 충족한 거고."

"그렇지."

"음…… 세 번째, 네 번째 조건을 종합해서 얘기하면, 영지 등급 이상의 거점이 세 군데 있어야 한다는 건데, 한 군데만 더 늘리면 되겠네 이건. 올리버스는 곧 영지 등급 될 테니까."

이안은 고개를 끄덕이며 대답했다.

"맞아. 지금 제일 시급한 게 거점지 하나 늘리는 거고, 두 번째로 해야 할 게 길드 명성 올리는 거야. 지금 길드 명성 몇이냐 우리?"

"42만이네."

"8만이면 길드전 한 20번 정도 하면 되려나……?"

대수롭지 않게 말하는 이안을 보며 헤르스는 어이없다는 표정이 되었다.

"야, 20번 하면이 아니라 20번 연속해서 이기면이라고 정 정해 줄래?"

하지만 이안의 표정은 변함이 없었다.

"그거, 뭐…… 이기면 되지."

"……."

"그리고 나한테 길드 명성 올릴 다른 방법도 있어."

"무슨 방법……?"

이안이 씨익 웃으며 입을 열었다.

"중앙 대륙 진출."

"뭐……? 거기 불모지랑 시카르 사막 뚫어야 갈 수 있잖아."

헤르스의 반문에 이안은 인벤토리를 뒤적여 무언가를 꺼 내었다.

그리고 그의 손에 들려 있는 것은 붉은 천으로 만들어진 고급스러운 두루마리였다.

그것을 펼쳐 보이며, 이안이 덧붙였다.

"제국 기사단과 함께라면, 충분히 가능하지."

"영주님, 길마님이 부르십니다."

스플렌더 길드와 한국 서버 길드 랭킹 3,4위 다툼을 치열 하게 벌이고 있는 오클란 길드.

1위와 2위를 차지한 다크루나 길드와 타이탄 길드가 카이 몬 제국의 소속이었기 때문에, 사실상 오클란 길드는 루스펠 소속 길드 중 최강의 길드나 다름이 없었다.

그리고 암살자 유저 랭킹 1위인 '림롱'은 이 오클란 길드의 수뇌부로 들어와 있었다.

레벨은 아직 120대 초반으로 오클란 길드의 최상위권 유저들에 비해 10레벨 이상 떨어지는 그였지만, 한 클래스 전체에서 랭킹 1위라는 점과 타고난 전투 감각 덕에 오클란 길드 내에서도 제법 영향력 있는 유저로 자리 잡고 있었다.

"알겠습니다. 곧바로 가도록 할게요."

오클란 길드의 길드마스터인 '사무엘 진'은 한국 서버 궁사 클래스 랭킹 1위에 빛나는 최고 레벨의 유저다.

타이탄 길드의 마스터이자, 전사 랭킹 1위인 샤크란이 천부적인 전투 감각과 카리스마로 길드를 이끌어 나가는 스타일이라면, 사무엘 진은 그 반대에 가까운 인물이었다.

전투 감각이 떨어진다는 이야기는 아니었지만, 사무엘 진의 능력은 그런 게임 내적인 능력보다는 통찰력과 정보력, 그리고 전략으로 길드를 이끌어 나가는 지도자였다.

그리고 림롱은, 그런 사무엘 진에게 높은 평가를 받아 중용되고 있었다.

그것은 오클란 길드 소속의 거점지 다섯 군데 중에서 한 곳의 지도자 자리를 림롱에게 준 것만 봐도 알 수 있는 부분이었다.

"진 님, 찾으셨다고요?"

영주성 안으로 들어온 림롱을 발견한 사무엘 진은 반가운 표정으로 그를 맞았다.

"오, 림롱 님 오셨군요."

"원정 출발이 2시간 뒤라고 하지 않으셨습니까? 무슨 일이라도……."

림롱의 말에 사무엘 진은 고개를 저으며 말했다.

"무슨 일이 있는 것은 아닙니다. 다만 정보를 하나 입수해서요."

"어떤……?"

"다크루나 길드와 타이탄 길드의 원정대가 벌써 중부 대륙에 근접했다는 정봅니다."

"……!"

중부 대륙에 진입하기 위해선 시카르 사막과 천공의 고원을 뚫어야 한다.

그것은 대륙 동쪽에서 진입해야 하는 카이몬 소속의 길드들이나, 서쪽으로 진입해야 하는 루스펠 소속의 길드들도 다를 것이 없었다.

사막은 중부 대륙의 양쪽으로 끝없이 펼쳐져 있었으니까.

"어떻게 그렇게 짧은 시간 안에 뚫고 들어간 거죠?"

"피해를 좀 감수하더라도, 무리해서 진입한 모양입니다. 그들의 전력이 아무리 강력하다 해도, 적잖은 대미지를 입었을 거라 생각합니다."

오클란 길드는 중부 대륙으로 진입하기에 앞서 철저한 준비를 선행했다.

한 달 이상 모든 길드원이 버텨 낼 수 있을 만큼의 식량을

준비했고, 그동안 비축해 둔 재화를 풀어 모든 길드원들의
장비를 최고 수준으로 세팅했다.

　반면에 타이탄이나 다크루나 길드에서는 대규모 업데이트
가 끝난 직후에 곧바로 진입을 시도했으리라.

　"흠…… 선점을 위해 리스크를 감수한 거로군요."

　사무엘 진이 고개를 끄덕였다.

　"맞습니다. 그들의 선택도 충분히 괜찮은 선택이었지만,
장기적으로 보면 후회하게 될 겁니다."

　림롱이 의아한 표정으로 물었다.

　"왜죠? 일단 중부 대륙까지 뚫기만 했다면, 중부 대륙에
있는 거점지를 선점해서 그쪽에서 식량을 비롯한 자원을 충
당하면 되지 않나요?"

　사무엘 진이 씨익 웃으며 고개를 저었다.

　"아뇨, 아마 그럴 수 없을 겁니다."

　"……?"

　"중부 대륙의 땅은 무척이나 척박하죠. 거기서 자원을 충
당하려면 최소 몇 달은 걸릴 겁니다."

　하지만 그 설명에도 불구하고 림롱은 아직 의문점이 남
았다.

　"북부 대륙도 처음에는 춥고 척박했습니다. 하지만 그 나름
대로 충분히 많은 자원들이 수급됐던 걸로 기억하는데……."

　사무엘 진이 고개를 저었다.

"북부랑 중부 대륙은 다릅니다."

"……?"

"척박한 것은 비슷하지만, 북부 대륙에는 원래부터 거주하던 NPC들이 있었고, 반면에 중부 대륙은 정말 아무것도 없지요."

그제야 그의 말을 전부 수긍한 림롱이 고개를 끄덕였다.

"아하…… 그렇게 보면 확실히 문제가 있겠군요."

"아마, 타이탄 놈들이나 다크루나 놈들. 고생 좀 할 겁니다, 후후."

"그럼 이제 어떻게 움직일 생각이십니까?"

사무엘 진의 말이 이어졌다.

"원래 계획보다 더 늦게 이동할 겁니다. 사실 이 얘기를 하려고 불렀습니다."

다시 의아한 표정이 된 림롱을 보며 사무엘 진이 말을 이었다.

"왜죠?"

"루스펠 진영의 다른 길드들이 카이몬 제국 진영에서 먼저 도달했다는 정보를 듣고 빠르게 움직이기 시작했기 때문입니다."

잠시 뜸을 들인 그가 말을 이었다.

"우리는 다른 길드들이 뚫어 놓은 그 뒤를 바짝 쫓으면서, 피해를 최소화시켜서 중부 대륙에 입성할 겁니다. 어차피 지금 시점에서 아무리 빠르게 움직여 봐야 다크루나 놈들이나 타이탄보다 빨리 도착할 수는 없기 때문이죠.”

간단히 정리하면, 어차피 선이익이 불가능한 상황에서 무리하지 않고 더 느긋하게 피해를 최소화시키는 방향으로 움직이자는 이야기였다.

하지만 사무엘 진이 생각하지 못한 변수는 두 가지나 있었다.

첫째는 ‘전공 포인트’라는 새로운 재화의 존재.

둘째는 타이탄 길드와 다크루나 길드보다 먼저 중부 대륙에 도착한 유저가 있을 수도 있다는 점이었다.

루스펠 제국 황성 안쪽에는 황실 마법사들이 거주하는 황실 마탑이 존재한다.

그리고 그 마탑 바로 앞에는 커다란 공터가 있었는데, 이곳은 황실 마법사들이 대규모 마법을 실험하는 장소이자 광역 텔레포트 마법을 시전하는 곳이었다.

그리고 지금 이곳에, 이안과 로터스 길드원들을 비롯한 수백의 황실 근위기사들이 서 있었다.

“그러니까, 총 백 명만이 이동할 수 있다는 거죠?”

“그렇습니다, 이안 자작님.”

"조금 애매한데…….."

광역 텔레포트는 한 번에 여러 명을 지정 좌표로 순간이동시킬 수 있는 고위 마법이다.

막대한 마나를 필요로 하는 것은 당연했고, 이동해야 하는 인원이 늘어나거나 거리가 멀어질 때마다 그 필요 마나량이 기하급수적으로 증가했기 때문에 제한적인 마법이기도 했다.

"그래도 그때 천공의 고원 좌표를 알아왔던 것이 신의 한수였던 것 같습니다."

헬라임의 말에 이안이 고개를 끄덕였다.

"그러게요. 천공의 고원까지 한 번에 이동할 수 있는 것만으로도 엄청난 이점이니까요."

자작으로 승급한 뒤로는 황실 근위기사단장인 헬라임도 이안을 귀족으로 대우해 주었다.

그것은 제법 뿌듯한 일이었다.

이안은 헤르스를 향해 돌아봤다.

"유현아, 아무래도 우리 길드는 한 열 명 정도만 끼는 게 좋을 것 같아."

"흠…… 그럼 나머지 인원들은 제국 원정대에 합류해서 후발대로 와야 하는 건가?"

이동에 백 명의 인원 제한이 걸린다면, 가장 강한 전력으로 구성되는 것이 당연한 것이었다.

중부 대륙에는 어떤 위험이 도사리고 있을지 모르니까.

원정대에 지원한 로터스 길드의 길드원들은 거의 110레벨 이상이긴 했지만, 아무래도 150레벨대인 황실 근위기사들에 비하면 약한 게 사실이었다.

이안은 헤르스와 피올란을 비롯해 120레벨이 넘거나 그에 근접한 수뇌부 몇몇만 데리고 갈 생각이었다.

'이번에 선발대에 합류해서 넘어가면 막대한 경험치를 얻을 수 있을 텐데…… 나 혼자만 성장해서는 이제 의미가 없으니까.'

이안과 헤르스는 선발대로 광역 텔레포트에 합류할 열 명의 인원을 신중히 골랐다.

수뇌부가 전부 합류해 버리면 후발대를 이끌어 줄 사람이 없기 때문이었다.

"클로반 형이랑 카윈이 후발대를 이끌어 주는 거로 하자 그럼."

이안의 말에 클로반이 고개를 끄덕였다.

"오케이, 그렇게 할게."

"그리고 올리버스 영지랑, 로터스 영지에 있는 병사들 중에 100레벨 넘은 병사들도 전부 끌고 와."

그 말에 클로반이 살짝 걱정스러운 표정으로 되물었다.

"그럼 영지가 좀 위험하지 않을까?"

"아냐. 어차피 이제 주변에 카이몬 제국 소속의 영지는 하나도 안 남았고, 그렇다고 영지도 없는 허약한 길드에게 당할 정도로 영지 방어력이 약하지는 않으니까."

처음 북부 대륙이 열렸을 때에는 양측 제국 소속의 길드들이 중구난방으로 거점지를 차지했기 때문에, 로터스 영지의 주변에도 카이몬 제국 소속의 영지가 몇 개는 존재했었다.

하지만 시간이 지나 결국 루스펠 제국에 가까운 위치의 영지들은 전부 루스펠 소속의 고위 길드나, 루스펠 제국 원정대에 의해 함락되었고 비로소 안정을 찾게 된 것이다.

북부 대륙에도 결국 국경 같은 것이 생겼다고 할 수 있었다.

이러한 상황에서 로터스 길드가 조심해야 하는 영지전은, 같은 루스펠 소속의 길드들 중 아직 영지가 없는 길드들의 도전이었는데, 로터스 영지의 방어력이 그 정도의 도전은 어렵지 않게 막아 낼 수 있을 정도는 되었다.

이안의 말에 클로반은 고개를 주억거리며 대답했다.

"알겠어. 그럼 수고하라고, 이안 자작님."

클로반이 씨익 웃으며 대답했고, 조금 어수선했던 장내는 일사불란하게 정리되었다.

"자, 그럼 이제 출발하죠?"

공터에 백여 명의 인원이 가지런히 도열하자 이안이 수석 마법사에게 신호를 보냈고, 그와 동시에 발아래 커다란 마법진이 그려지기 시작했다.

우우웅―.

이안을 제외한 로터스 길드원들은 처음 보는 신기한 광경이었기 때문에, 다들 눈이 휘둥그레졌다.

"오오, 이거 멋진데?"

헤르스의 말에 이안이 실소를 흘렸다.

"곧 있으면 별로 안 멋질걸?"

"그게 무슨……?"

하지만 말이 끝나기도 전에, 헤르스는 이안의 말이 무슨 의미인지 알 수 있었다.

피이잉-!

새하얀 섬광에 휩싸이며 시야가 빙글빙글 돌기 시작했다.

예고 없이 엄습한 어지럼증에 헤르스가 절규했다.

"야이씨, 미리 말해 줬어야지!"

그리고 잠시 후.

널따란 공터에 도열해 있던 백 명의 선발대가 신기루처럼 자리에서 사라졌다.

선발대가 순간이동한 장소는, 바로 그리핀이 부화했던 곳인 천공의 제단이었다.

가장 먼저 도착한 것은 이안과 카이자르였으며, 이어서 백명의 선발대가 하나둘 제단에 모습을 나타내기 시작했다.

"감회가 새롭군. 이 땅을 다시 밟게 될 줄이야."

주변을 둘러보며 낮은 목소리로 중얼거리는 카이자르에게, 이안이 의아한 목소리로 물었다.

"가신님은 여기 와 본 적이 있나 봐?"

조금씩 짧아지는 이안의 말.

말해 놓고도 조금 긴장한 이안은 카이자르의 반응을 살폈지만, 그는 별로 신경 쓰지 않는 눈치였다.

"10년 전. 카일란 여신님의 심판이 내려지기 전까지, 이곳은 지옥이었다."

"음……?"

"하루하루가 전쟁의 연속이었고, 루스펠과 카이몬은 서로를 집어삼키기 위해 안간힘을 썼지. 그 결과 서로의 수도까지 위험해진 적도 있었고."

별생각 없이 물었던 이안이었지만, 카이자르의 이야기를 듣다 보니 흥미가 동했다.

"근데 가신님은 평민이라며? 어쩌다 루스펠 제국의 편에서 싸우게 된 거지?"

카이자르는 검을 뽑아들고는 앞으로 성큼성큼 움직이며 대답했다.

"나는 용병이었다."

"그렇군."

그런데 그 순간, 제단 밖으로 뛰어내리려는 카이자르를 보며 이안은 당황했다.

"아니, 가신님! 그렇게 혼자 움직이면 어떡해. 여긴 천공의 고원이라고."

이미 천공의 고원의 무서움을 경험한 적이 있는 이안이었다.

180레벨대의 거대한 사막 호랑이인 파챠오와 200레벨에 육박하는 도마뱀 테라노돈을 떠올린 이안이 카이자르를 말렸지만, 카이자르는 아랑곳하지 않았다.

"영주 놈아, 그거 아냐?"

"뭐?"

"파챠오 고기가 그렇게 맛있다. 조금 있다가 내가 구워 준다."

"……."

휙 하고 거의 건물 3~4층 높이인 제단 바깥으로 뛰어내리는 카이자르.

이안은 고개를 절레절레 흔들었고, 그동안 모든 인원이 제단에 도착했다.

헬라임이 이안에게 다가와 물었다.

"자작님, 카이자르는 어디 가는 겁니까?"

그에 이안은 한숨을 푹 쉬었다.

"파챠오 고기가 먹고 싶다네요."

"……."

어차피 카이자르는 이안이 통제할 수 있는 인물이 아니었고, 헬라임도 그것을 잘 알고 있었기에 더 이상 말은 하지 않았다.

"그런데 헬라임 경."

"말씀하십시오, 자작님."

"카이자르…… 혼자 나가서 위험하지는 않겠죠?"

이안이 추측하기로, 카이자르와 헬라임의 무력은 비슷해 보였다.

헬라임의 레벨은 아직 확인하지 못했기에 정확한 것은 아니었지만, 두 사람의 관계와 그 정황상 그렇게 추측할 수 있었던 것이다. 한데, 이안의 기억으로는 헬라임조차도 이 천공의 고원에서는 조심스럽게 움직였었으니 물어본 것이었다.

이안의 의중을 파악한 헬라임이 웃으며 대답했다.

"적어도 천공의 고원에는 저나 카이자르를 위협할 만한 존재가 없을 겁니다. 안심하시지요. 지난번에야 그리핀의 알을 지켜야 했기에 조심스레 움직였던 겁니다."

"아하……."

그리고 돌아선 헬라임은 어느새 도열해 있는 기사단원들을 향해 명령을 내렸다.

"최대한 빠르게 중부 대륙까지 진입한다."

"후후훗, 으하하핫!"

땅에 질질 끌릴 정도로 길게 늘어진 검정색 로브와, 끝에 어두운 기운이 일렁이는 칠흑빛의 지팡이.

자칭 최강의 흑마법사 간지훈이는 눈앞에 보이는 천공의 사막에 발을 내딛으며 긴장한 표정이 되었다.

'천공의 사막을 발견한 건 아마 내가 최초겠지? 크흐흐, 최초 필드 발견 보상으로는 뭐가 나올까?'

김칫국을 사발로 들이켠 간지훈이는 두근거리는 마음을 진정시키고 메시지 창을 확인했다.

그리고 떠오른 시스템 메시지.

하지만……

─천공의 사막에 진입하셨습니다.

─덥고 건조한 사막 기후로 인해 움직임이 1퍼센트만큼 둔해집니다.

훈이는 당황한 표정이 되었다.

"내가…… 처음이 아니야?"

순간 상실감이 밀려들었다.

"아니, 업데이트에 맞춰서 이런 히든 퀘스트까지 받았는데 어떻게 나보다 먼저 온 사람이 있을 수 있는 거야?"

그런데 그때, 투덜거리는 훈이의 옆으로 어두운 그림자 하나가 스르륵 하고 나타났다.

─뭐하는가, 훈이. 어둠의 주인께서 기다리고 계신다. 시간이 없다.

"알겠어. 재촉하지 마, 발람."

놀랍게도 훈이의 옆에 나타난 것은 흑마법사들이 꿈에도 그린다는 언데드인 데스나이트의 형상을 하고 있었다.

하지만 조금 다른 점은, 일반적인 데스나이트는 온몸이 칠흑빛인데 반해 훈이의 옆에 나타난 그림자는 흑빛과 황금빛을 동시에 가진 갑주를 착용하고 있다는 것이었다.

"시카르 고대의 무덤을 찾으면 되는 거지?"

훈이의 말에 데스나이트 '발람'이 고개를 끄덕였다.

–그렇다.

"위치는?"

–시카르 고대의 유적. 중부 대륙으로 진입해야 한다.

훈이는 고개를 끄덕였다.

"알겠어. 빨리 가자."

그런데 앞으로 움직이려던 발람이 문득 자리에 멈춰 섰다.

–훈이, 전방에 적들이 나타났다.

"그러네. 몽크들이군."

몽크는 말 그대로 수도승의 모습을 한 몬스터였다.

그렇다고 진짜 수도승, 즉 인간형 몬스터는 아니었고, 미이라의 외모를 가진 몬스터들이다.

스슥– 스스슥–.

사막 모래 속에서 솟아오르는 수많은 몽크들.

몽크는 130레벨부터, 높게는 140레벨 후반대까지의 강력한 몬스터들이었지만, 훈이는 조금도 위축된 기색을 보이지 않았다.

훈이가 팔목에 채워져 있는 묵빛의 팔찌를 만지작거리며

시동어를 외쳤다.

"억울한 망자의 원혼들이여…… 사막의 힘을 빌어 현신하라!"

그러자 마치 살아 있는 생명체라도 되듯, 사막의 모래들이 허공으로 떠올라 형태를 갖추기 시작했다.

그리고 그것은 수많은 해골 병사의 모습이 되어 사막을 가득 메우기 시작했다.

"크흐흣, 역시. 임모탈Immortal의 권능은 위대하군."

몽크들을 향해 달려드는 수백의 사막 해골 전사들을 보며, 훈이는 음침하게 웃었다.

손발이 사라질 것만 같은 설정극이었지만 데스나이트 발람은, 그런 훈이의 설정극에 훌륭히 제 역할을 해 주었다.

-그렇다. 임모탈 님의 힘은 위대하지. 훈이, 네가 어둠의 제국을 다시 건설해 줄 것이라 믿는다.

훈이는 비장한 표정으로 고개를 끄덕였다.

"물론이다, 발람. 나 훈이, 임모탈의 유지를 이어 이 땅을 어둠으로 물들일 것이다."

두 주종이 진지하게 상황극을 벌이는 동안, 임모탈의 권능으로 소환된 사막의 해골 병사들은 몽크들을 훌륭히 상대해 나가고 있었다.

훈이는 그 광경을 흡족한 표정으로 지켜보며 걸음을 옮기기 시작했다.

그리고 데스나이트 발람은 그 뒤를 조용히 따랐다.

하지만 이들은 몰랐다.

곧 '이안'이라는 이름의 엄청난 재앙(?)이 닥쳐올 것이라는 것을…….

이안과 그리핀의 알 부화를 위한 원정을 왔을 때보다, 헬라임과 기사단은 더욱 강력해져 있었다.

그리고 그것은 이안도 마찬가지였다.

180레벨이 넘는 파챠오나, 200레벨에 근접하는 테라노돈을 상대로는 아직 역부족이었지만, 한 손 거들 수 있을 정도는 된 것이었다.

게다가 헬라임과 우열을 가리기 힘들 정도의 강자인 카이자르까지 합세하니, 공포스러운 사냥터였던 천공의 고원이 꿀 같은 보너스 던전으로 탈바꿈되었다.

"와…… 이안 님 맨날 이런 환경에서 사냥했던 거예요?"

감탄과 동시에, 질투의 눈빛을 보내는 피올란.

이안은 뒷머리를 긁적였다.

"아니에요, 저도 되게 오랜만…….."

하지만 이안의 변명은 이어지는 헤르스의 말에 묵살되었다.

"이 자식. 혼자 이런 꿀을 빨고 있었다니…… 그러니까 레벨 업이 그렇게 빠르지."

피올란도 고개를 끄덕이며 동의했다.

"동감입니다. 이안 님, 너무해요. 길드원들도 좀 챙겨 주세요.”

“맞아, 맞아!”

이안은 졸지에 길드원들을 챙기지 않는 이기적인 영주가
되고 말았다.

“······.”

어찌되었든 순탄한 사냥 속에서, 이안의 일행은 순식간에
천공의 고원을 뚫고 중부 대륙의 지근거리까지 접근했다.

그리고 곧이어 일행의 눈앞에 하얗게 일렁이는 장막이 나
타났다.

그것은 바로, 필드를 넘어갈 때 볼 수 있는 차원의 경계.

중부 대륙에 도착했다는 증거였다.

그 바로 앞까지 이동한 피올란이 설레는 표정으로 이안에
게 물었다.

“우리가 처음일까요, 이안 님?”

“글쎄요. 거대 길드에서 빨리 움직였으면 먼저 도착했을
수도 있으려나······.”

그리고 두 사람의 대화에 답을 내려 준 것은, 뒤쪽에서 나
타난 카이자르였다.

“우리가 처음일 게다. 나보다 더 이곳 지형을 잘 아는 사
람은 없으니까.”

그 말에 이안은 속으로 고개를 주억거렸다.

‘확실히······ 엄청 빠르게 도착하긴 했어.’

천공의 사막부터 천공의 제단이 있는 구간까지는 지평선이 보일 정도로 황량한 사막이었다.

하지만 제단을 지나 중부 대륙에 가까워질수록 커다란 바위협곡들이 즐비하게 늘어서 있었고, 분명 카이자르가 아니었다면 많은 시간을 길을 찾는데 허비했을 것이었다.

"그럼…… 들어가 보죠."

이안은 설레는 표정으로 성큼성큼 걸음을 옮겼다.

최초 발견 보상은 같은 구역 안에 함께 있는 파티원이라면 모두 공유되기 때문에, 누가 먼저 들어가는 것엔 아무런 상관이 없었다.

그리고 이안이 일렁이는 빛의 기류를 통과하자마자, 모든 로터스 길드원들의 눈앞에 시스템 메시지가 떠올랐다.

띠링-.

-중앙 대륙 '시카르'를 최초로 발견했습니다.

-명성이 10만 만큼 증가합니다.

-시카르 대륙의 모든 몬스터들에게서 획득하는 보상이 두 배로 증가합니다(던전을 최초 발견하면, 경험치 획득 보상이 중복 적용됩니다).

-로터스 길드의 길드 명성이 10만 만큼 증가합니다.

쏟아지듯 떠오르는 시스템 메시지들에, 이안을 비롯한 길드원들의 표정이 싱글벙글해졌다.

"크으, 길드 명성 10만도 채워졌네! 졸지에 승급 조건도 채웠잖아?"

헤르스의 말에 이안이 고개를 끄덕였다.

"그러게. 귀찮게 길드전 안 돌려도 되겠어."

그리고 이안의 눈에 가장 먼저 들어온 문장은, 역시 사냥 시 획득 보상 증가였다.

게다가 던전 최초 발견까지 중복된다는 친절한 설명에, 이 안의 두 눈이 반짝였다.

'가자, 130레벨! 던전 하나만 찾으면 바로 찍는다!'

이안의 시선이 자연스레 훌륭한 버스 기사인 카이자르를 향해 돌아갔고, 이안과 눈이 마주친 카이자르가 퉁명스레 입 을 열었다.

"왜 그렇게 느끼하게 쳐다보냐, 영주 놈아."

이안은 영주 놈이라는 말에도 기분이 좋은지 실실 웃으며 대답했다.

"몰라도 된다, 흐흐."

그리고 이안은 황제로부터 받은 칙서를 꺼내어 다시 읽어 보았다.

말이 칙서이지, 이안의 입장에서는 그냥 퀘스트 내용이 친 절하게 설명되어 있는 설명서 같은 것이었다.

시카르 유적지 탐사

시카르 유적지에는 '홀드림의 성배'가 숨겨져 있다.
홀드림의 성배에 담겨 있는 성수는 중부 대륙 거점지의 성장을 두 배만큼 빠르게 만들어 주며, 거점을 점령하는 데 걸리는 시간을 절반으로 줄여 준다.
홀드림의 성배를 카이몬 제국보다 빨리 손에 넣어 더 많은 거점지를 점령할 수 있는 기반으로 활용하자.
퀘스트 난이도 : SS   **퀘스트 조건 : 알 수 없음.**
제한 시간 : 없음.
*카이몬 제국의 유저가 성배를 먼저 획득한다면, 퀘스트는 실패하게 됩니다.

'홀드림의 성배……. 제한 시간이 없다고는 하지만, 최대한 빨리 움직일 수밖에 없는 구조네.'

이안이 카이자르를 향해 물어봤다.

"가신님, 시카르 유적지가 어딘지 알아?"

이안의 물음에 카이자르는 지체 없이 고개를 끄덕였다.

"물론이다. 시카르 유적지는 중부 대륙의 가장 중심부에 있다."

"그럼 홀드림의 성배는?"

카이자르의 표정이 살짝 표하게 변했다.

"음? 홀드림의 성배라……. 홀드림은 알고 있지만, 홀드림의 성배라는 이름은 처음 들어보는군."

이안은 조금 아쉬웠지만 고개를 끄덕였다.

유적지의 위치를 알고 있다는 것 하나만으로도 엄청난 도움이 되었으니까.

"알겠어."

카이자르가 궁금한 표정으로 입을 열었다.

"홀드림의 성배라는 물건, 엄청난 아티팩트인가?"

카이자르가 두 눈을 반짝였다.

그리고 다크 펜리르의 대검을 탐낼 때 봤던 그 눈빛에, 이안은 흠칫 놀라며 손사래를 쳤다.

"그, 그런 거 아니야. 폐하께서 찾아오라 하신 아이템이라고."

"아아, 그렇군."

그제야 관심을 돌리는 카이자르였다.

그 모습을 보며 이안은 속으로 중얼거렸다.

'혹시, 좋은 아이템을 구해다가 카이자르에게 주면 충성심을 올릴 수 있을까?'

왠지 가능할 것 같다는 생각이 강하게 드는 이안이었다.

"최초 발견 보상이 뜨지 않았다는 건, 누군가 중부 대륙을 먼저 밟았다는 얘기다."

시카르의 말에 뒤따르던 세일론이 고개를 끄덕였다.

"그렇습니다, 마스터. 어떻게 우리보다 빠르게 도착했는지는 알 수 없지만…… 누군가 먼저 도착한 유저들이 있나 봅니다."

그리고 뒤따르던 에밀리가 덧붙였다.

"아무래도 다크루나 길드일 확률이 가장 높지 않겠습니까?"

타이탄 길드와 마찬가지로, 다크루나 길드는 대규모 업데이트가 끝나자마자 중부 대륙을 향해 원정대를 파견했다.

명실상부한 랭킹 1위 길드인만큼, 에밀리의 생각은 어찌보면 당연한 것이었다.

"흐음……. 이번에도 한발 늦은 것인가……."

샤크란의 표정이 살짝 구겨졌다.

다크루나 길드보다 먼저 중부 대륙의 땅을 밟기 위해 그렇게 서둘렀던 것이었는데, 결국 늦었다고 생각하니 조금 분했다.

"이제 어찌하시겠습니까? 일단 거점지를 찾아 점령하는게 아무래도 먼저이지 않겠습니까?"

세일론의 말에 샤크란이 고개를 저었다.

"아니, 그 전에 할 일이 있어."

샤크란의 입꼬리가 슬쩍 말려 올라갔다.

'대륙 최초 발견 보상은 다크루나 놈들에게 뺏겼지만, 성배는 우리가 먼저 얻을 수 있겠지.'

샤크란이 확신하는 이유는 간단했다. 홀드림의 성배 획득 퀘스트를 받은 것이 바로 자신이었기 때문이다.

제국 퀘스트는 일반 퀘스트와 달라서, 같은 퀘스트가 여러 유저들에게 주어지지 않는다. 그리고 한 번 발생했던 퀘스트가 또 다시 발생하는 법은 거의 없었다.

그 말인 즉, 다크루나 길드는 홀드림 성배의 존재 자체도 모른다는 이야기였다.

'성배만 있다면, 최초 보상을 얻지 못한 손해 정도야 가뿐히 역전할 수 있지.'

게다가 곧 있으면, 카이몬 황제로부터 지원받은 카이몬 제국 기사들도 중부 대륙에 도착할 것이었다.

샤크란이 뒤로 돌며 세일론과 에밀리를 향해 입을 열었다.

"우리는 중부 대륙 중심부로 이동한다."

그에 에밀리가 당황한 목소리로 반문했다.

"예에? 그럼 지천에 널려 있는 거점지들은요?"

세일론도 의아한 표정으로 샤크란을 응시했고, 샤크란의 입이 다시 열렸다.

"유적지에서 홀드림의 성배만 먼저 찾아낸다면, 거점지 수복하는 건 일도 아니야."

적대국인 루스펠 제국의 길드들은, 샤크란의 안중에도 없는 듯 보였다.

쾅— 콰쾅—!

떡대의 양 팔을 타고 터져 나가는 어비스 홀과 그 위를 맹렬히 뒤덮는 레이크의 브레스, 그리고 이어지는 핀의 분쇄 스킬에 수많은 몬스터들이 모래바람이 되어 흩어졌다.

－사막 전쟁의 원혼을 처치했습니다. 128,910의 경험치를 획득했습니다.

－전공 포인트를 5만큼 획득합니다.

중부 대륙에 진입한 뒤 등장하는 몬스터들은 오히려 천공의 고원에 있었던 파챠오나 테라노돈보다 훨씬 허약한 수준이었다.

주로 등장하는 몬스터들은 '사막 전쟁의 원혼'이라는 이름을 가지고 있었는데, 그들은 모래로 만들어진 검투사와 같은 외형을 하고 있었다.

몬스터들의 레벨대는 150대 초반.

이안이 포르칼 군도에서 질리도록 싸웠었던 뇌옥의 장교들과 비슷한 레벨대의 몬스터들이었다.

'역시 몰이사냥이 최고지!'

파챠오나 테라노돈보다 낮은 레벨대의 몬스터들이었지만, 그 숫자는 훨씬 많았기에 난이도로 따지자면 크게 다를 것 없는 수준이었다.

하지만 원래 다수를 상대로 한 사냥에 특화된 이안이었기에, 그는 물 만난 고기처럼 전장을 휘젓고 다녔다.

"세리아, 떡대 치료 좀 부탁해!"

"네, 영주님!"

그리고 조금 무리가 온다 싶으면 어김없이 나타나 상황을 정리해 주고 사라지는 카이자르 덕에, 이안 일행은 거침없이 전진할 수 있었다.

'그런데 전공 포인트는 뭘까? 지난번 퀘스트 완료 때부터 조금씩 쌓이더니, 이제 거의 2만 정도나 쌓였네?'

인벤토리 상단에 쌓이기 시작한 새로운 재화인 전공 포인트.

지금으로선 어디에 쓸 수 있는 재화인지 알 수 없었지만, 앞으로 중요한 역할을 할 것이 분명했다.

'그나저나, 핀이 꺼내서 싸우는 데도 별말이 없네?'

이안은 슬쩍 헬라임의 눈치를 보았다.

처음 핀을 소환할 때에는 별생각 없이 꺼냈지만, 사냥하는 도중에 헬라임과 제국 기사들의 존재가 생각난 것이다.

'내가 너무 걱정한 건가? 하긴…… 알에서 쌍둥이가 태어났다고 누가 생각할 수 있겠어?'

이안이 이런저런 생각을 하고 있을 때, 눈앞에 일단의 몬스터 무리들이 또다시 등장했다.

그리고 이안의 눈에는 몬스터들이 경험치 덩어리로밖에 보이지 않았다.

"폴린, 앞쪽에서 시간 좀 벌어 줘!"

"예, 영주님!"

가신이 되고 난 뒤, 이안을 부르는 폴린의 호칭도 바뀌었다.

'자작님'이라는 호칭에서 '영주님'으로 말이다.

충성도도 카이자르와는 비교도 할 수 없을 정도로 높아서, 벌써 80 정도까지 올라간 상태였다.

반면에 카이자르의 충성도는 그새 1이 떨어져서 4가 되어 버렸다.

이안의 입에서 다시 한숨이 푹 새어나왔다.

'카이자르만 내 마음대로 움직일 수 있어도 좋을 텐데…….'

카이자르는 정말 멋대로 움직이며 맵 여기저기를 들쑤시고 다녔기 때문에, 이안은 왠지 경험치를 손해보고 있는 기분이었다.

같은 파티거나 가신이라고 해도, 일정 거리 이상 떨어진 곳에서 사냥을 하면 경험치를 나눠 받을 수 없기 때문이다.

그리고 나타난 몬스터들을 거의 다 잡아갈 때 쯤, 이안의 생각을 읽기라도 한 듯 카이자르가 그의 시야 안쪽으로 불쑥 나타났다.

"찾은 것 같다, 영주."

"음……? 유적을 찾았다고?"

"그렇다."

그리고 카이자르의 뒤를 따라가자, 깎아지듯 높다란 협곡 아래쪽으로 펼쳐진 거대한 건축물이 나타났다.

그것은 마치 피라미드를 연상케 하는 웅장한 석조 건물이었다.

피라미드와 조금 다른 점은, 커다란 봉우리 주변으로 여러 개의 작은 봉우리들이 솟아 있다는 것이었다.

이안의 표정이 밝아졌다.

"좋아, 그럼 빨리 저쪽으로 움직이자."

어느새 뒤쪽에서 남아 있던 몬스터를 처치하고 다가온 다른 일행들도 유적지를 내려다보고 있었다.

그런데 그때, 카이자르의 입에서 생각지 못했던 말이 흘러나왔다.

"한데 문제가 있다, 영주."

"뭔데?"

카이자르가 손으로 어딘가를 가리키며 말을 이었다.

"저쪽이 무덤의 입구인데, 누군가 먼저 안쪽으로 들어가는 것을 봤다."

"……?"

이안은 순간 억장이 무너지는 것 같았다.

'뭐지? 어떻게 우리보다 빨리 도착한 사람이 있을 수 있는 거지?'

성배를 누군가 먼저 차지할 지도 모른다는 위기감보다는, 던전의 최초 보상을 빼앗겼다는 것에 대한 분노(?)가 밀려온 것이었다.

뒤늦게 이안의 옆으로 다가온 헬라임을 향해, 이안이 시선을 돌리며 입을 열었다.

"빨리 움직이죠. 성배를 빼앗겨서는 안 됩니다."

성배 쟁탈전 上

"제대로 도착한 것 맞지, 발람?"

훈이의 말에, 데스나이트 발람이 천천히 고개를 끄덕였다.

-그렇다. 이 음울한 분위기, 스산한 울림들. 여긴 분명히 내가 찾던 곳이 맞다.

유적지 무덤 던전에 가장 먼저 도착한 것은, 이안도, 샤크란도 아닌, 바로 간지훈이였다.

중부 대륙에 진입한 시간은 훈이가 가장 늦었지만, 임모탈의 권능과 정확한 위치를 알고 있는 데스나이트 발람이 그것을 가능하게 만들어 줬던 것이다.

임모탈의 권능을 사용하면, 모래 위에서는 세 배 이상 빠르게 이동할 수 있었다.

'홀드림의 왕관이라고 했지?'

하지만 훈이가 찾고 있는 것은, 이안이나 샤크란과는 다른 물건이었다.

훈이의 목적은 자신의 히든 퀘스트를 완료하는 것.

그리고 그러기 위해서는 '홀드림의 왕관'이 필요했다.

그런데 그때, 발람이 앞으로 나서며 훈이에게 경고했다.

-적이다. 훈이. 준비해라.

그 말이 끝나자마자, 전방에서 기괴한 소리들과 함께 몬스터들이 등장했다.

그것들은 시커먼 연기로 휘감겨 있는 미이라의 형상을 하고 있었다.

훈이가 비장한 표정을 지으며 지팡이를 앞으로 뻗었다.

"잊힌 홀드림의 하수인이라…… 네놈들은 새로운 어둠의 주인을 알아보지 못하는 것이냐!"

어떤 상황에도 빠지지 않는 훈이의 역할 몰입.

그리고 발람은 그런 훈이를 흡족한 표정으로 응시하고 있었다.

그의 기준에서 훌륭한 대사였기 때문이다.

훈이의 말이 이어졌다.

"어둠의 힘, 그리고 임모탈의 권능이여…… 현신하라!"

딱히 입 밖으로 내뱉을 필요 없는 시동어를 열심히 외친 훈이가 지팡이를 휘두르자, 바닥에서 수많은 스켈레톤 전사

테이밍마스터

들이 모습을 드러내었다.

끼긱- 끼기긱-!

크헤에엘-.

어림잡아도 수십은 되어 보이는 스켈레톤 워리어들과, 그 반 정도의 인원으로 구성된 스켈레톤 메이지들.

게다가 130레벨이 넘는 데스나이트도 두 기나 더 소환해 낸 간지훈이는, 의기양양한 표정으로 전방을 향해 지팡이를 뻗었다.

"건방진 이단자들을 모두 처단하라!"

그렇게 시작된 전투.

'잊힌 홀드림의 하수인'이라는 이름을 가진 몬스터들의 레벨은 150 이상이었으며, 숫자도 거의 열 개체 이상은 되었다.

하지만 훈이의 암흑군단은 강력했고, 큰 피해 없이 몬스터들을 다 잡아 낼 수 있었다.

훈이는 임모탈의 권능 아이템을 슬쩍 응시하며 다시 의지를 불태웠다.

'퀘스트는 무조건 성공해야 해. 권능을 온전히 내 것으로 만들려면……'

훈이의 현재 레벨은 129.

레벨업이 빠른 흑마법사라는 점을 감안하더라도, 흑마법사 중 거의 서버 1,2위를 다툴 만한 높은 레벨이었다.

하지만 그렇다 하더라도, 훈이가 소환해 낸 언데드들의 규모는 그 레벨대의 흑마법사가 절대로 소환할 수 없는 수준이었다.

특히 데스나이트를 두 기나 소환할 수 있었던 것은, 끊임없이 어둠 마력을 충전시켜 주는 임모탈의 권능 덕분이었다.

쾅— 콰쾅—!

그리고 훈이가 소환한 두 기의 데스나이트와는 완전히 다른 생김새를 가진 데스나이트 발람.

무려 170레벨에 육박하는 발람은, 던전 안의 몬스터들을 손쉽게 상대했다.

"다 마무리한 것 같군."

─그렇다, 훈이.

"그럼 안쪽으로 들어가 볼까?"

그런데 그때, 말을 마치고 안쪽으로 걸음을 옮기는 훈이를, 발람이 막아섰다.

─누군가 던전에 들어왔다, 훈이.

"음……?"

생각지도 못한 상황에 훈이는 잠시 고민했다.

'유적 안쪽에는 홀드림의 왕관뿐만 아니라 수많은 아티팩트들이 있을 텐데…….'

정확히 어떤 물건들이 있을지는 모르지만, 사람이라면 단 한 개의 아티팩트도 양보하고 싶지 않은 게 당연한 심리다.

'그리고 중앙 대륙은 PK에 패널티가 없다고 했지?'

게다가 던전에 들어온 '누군가'가 유저든 NPC든 전혀 상관이 없는 상황이라면…….

훈이의 입꼬리가 슬쩍 말려 올라갔다.

"발람."

−왜 부르는가, 훈이.

"어쩔 수 없다. 마음이 아프지만 대업을 위해서라면 살인 멸구를 해야겠군."

훈이는 무게를 잡으며 뒤돌아섰고, 그의 말에 발람이 고개를 끄덕이며 동조했다.

−좋은 생각이다. 역시 어둠의 계승자답군.

훈이는 뒤돌아서 불청객을 맞기 위한 준비를 했고, 발람 또한 검을 뽑아들고 전투 자세를 취했다.

그리고 잠시 후, 낯익은 얼굴과 마주하게 된 훈이는 당황스러운 표정이 되었다.

"너, 넌……?"

물론 그 '낯익은 얼굴'은 바로 이안이었다.

"이야, 이게 누구야, 꼬마 오랜만이다?"

순간, 투기장 루키 리그에서의 악몽이 떠오른 훈이는 주먹을 꾹 말아 쥐었다.

의외의 만남이기는 했지만, 훈이는 오히려 쾌재를 불렀다.

'그때의 복수를 할 신이 내린 기회다! PK존에서 이놈을 만날 줄이야!'

"잘됐다, 이안! 네놈을 여기서 만날 줄은 몰랐지만, 기왕 이렇게 된 거 지난날의 수모를 갚아 주마!"

"······."

훈이의 장황한 말에 이안은 잠시 할 말을 잃었다.

그리고 뒤늦게 따라 들어온 카이자르가 이안을 향해 물었다.

"저 이상한 꼬마, 아는 놈이냐?"

이안이 고개를 끄덕였다.

"응, 아는 놈이기는 한데······."

이안이 앞으로 한 발짝 움직이며 훈이를 향해 입을 열었다.

"넌 어째 변한 게 하나도 없냐?"

지지 않고 대꾸하는 훈이.

"이 비겁한 놈! 네놈만 할까!"

훈이는 이어서 지팡이를 치켜들며 소리쳤다.

"저들을 전부 몰살하라!"

설마 훈이가 다짜고짜 공격을 감행하리라고는 생각지 못했었지만, 그렇다고 당해 줄 이안은 아니었다.

이안은 재빨리 뒤로 빠지며, 떡대를 앞세워 반격을 시작했다.

"떡대, 어비스 홀!"

쿠오오오-!

교차된 떡대의 팔을 타고 쏟아지는 나선형의 기류.

그리고 훈이를 향해 달려드려는 카이자르를, 이안이 잠시 멈춰 세웠다.

"카이자르, 잠깐만."

"왜 그러냐."

"훈이 저놈은 죽이지는 말아 봐."

"……?"

이안이 씨익 웃었다.

"뜯어 낼 게 좀 있어서 그래."

15분 뒤.

"훈이, 인마. 오랜만에 만나서 반가운 건 알겠는데, 왜 형한테 까불고 그래."

제국 기사들과 이안의 소환수들에게 둘러싸여 분한 표정을 하고 있는 훈이의 앞으로, 이안이 성큼성큼 다가갔다.

"오, 오지 마!"

"싫은데?"

능글맞은 표정으로 훈이의 바로 앞까지 다가간 이안은 지팡이를 불쑥 내밀었다.

"너, 딱 한 방이면 죽을 거 같다?"

대놓고 협박을 시전하는 이안을 보며 훈이의 동공이 파르르 떨렸다.

"아, 안 돼…… 그러지 마!"

훈이가 이렇게까지 경기를 일으키는 이유는 따로 있었다.

훈이가 지금 진행 중인 히든 퀘스트가 사망하는 순간 실패로 돌아가게 되기 때문이었다.

물론 죽는 것 자체의 패널티도 제법 컸지만, 그냥 죽는 정도 선에서 끝나는 것이었다면 이렇게까지 두려워하진 않았을 것이다.

'어떻게 얻은 히든 퀘스트인데!'

사실 훈이는 이안에게 이렇게 쉽게 제압당할 줄 꿈에도 상상하지 못했다.

이안 자체도 생각보다 강력했지만, 저 시커먼 대검을 든 백발의 검사는 정말 재앙이었다.

믿고 있던 데스나이트 발람도 백발의 검사에게 속수무책으로 당해 버린 것이다.

'170레벨이 넘는 발람이 순식간에 당할 줄은…….'

훈이는 바닥까지 떨어져 깜빡거리고 있는 생명력 게이지 바를 보며 한숨을 푹 쉬었다.

"후우…….""

그리고 체념한 표정이 된 훈이를 슬쩍 응시한 이안은, 슬쩍 운을 띄웠다.

"야, 살려 줄까?"

"……!"

훈이는 이안의 솔깃한 제안에 잠시 움찔했다.

'살려 줄까라니…… 이렇게 치욕적일 수가!'

하지만 자존심을 세우기엔 지금 죽음으로 인해 잃어버릴 것들이 너무 많았다.

훈이는 조금 슬프지만 자존심을 살짝 접어 두고 이안에게 물었다.

"조건이 있겠지?"

그의 반문에, 이안이 씨익 웃으며 고개를 끄덕였다.

"짜식, 똘똘하네. 당연히 조건은 있지."

"조건이 뭔데?"

잠시 뜸을 들인 이안이 말을 이었다.

"우선, 네가 우리 파티에 들어와야 해."

파티가 되면, 던전 최초 발견 보상이 공유되게 된다.

훈이도 이안의 제안이 의미하는 것을 알았기 때문에 순순히 고개를 끄덕였다.

여기까지는 잃을 것도 별로 없었고…….

"그리고?"

이안의 말이 이어졌다.

"홀드림의 성배를 비롯한 던전 안에서 나오는 모든 아티팩트는 전부 내 거다."

그 말에 훈이가 살짝 움찔했다.

"그건 안 돼."

홀드림의 왕관을 얻지 못한다면, 살아서 던전을 도는 것도 아무런 의미가 없었기 때문이다.

이안은 의아한 표정이 되었다.

"왜? 넌 죽지도 않는 데다가, 우리랑 파티 사냥하면 경험치도 엄청 먹을 텐데 그 정도도 안 돼?"

훈이가 소심한 표정으로 말을 이었다.

"홀드림의 왕관. 그거 하나만 나 줘."

훈이의 말에 이안의 두 눈에 이채가 어렸다.

이안은 존재하는지도 몰랐던 특정 아티팩트를 지목하는 훈이를 보며, 이안은 고개를 끄덕였다.

'역시 요놈, 이 던전에 대한 정보를 알고 있는 게 분명해.'

훈이를 살려 두길 잘했다고 생각한 이안은 두 눈을 게슴츠레 떴다.

"그게 왜 필요한데?"

훈이는 솔직하게 얘기했다.

"내 퀘스트에 필요해. 그거 하나만 나한테 주면 나머지는 다 양보할게."

심드렁한 표정으로 대꾸하는 이안.

"그걸 어떻게 믿어?"

하지만 훈이도 그 이상 양보할 수는 없었기에, 지지 않고 대꾸했다.

"내가 그 이상으로 욕심 내면 네가 날 죽이면 되잖아? 내가 아이템 먹고 나르는데 가만히 있을 거야?"

"그건 아니지만……."

잠시 생각한 이안이 이윽고 고개를 끄덕였다.

"좋아. 그럼 대신에, 홀드림의 성배부터 먼저 찾아 줘. 그리고 다른 왕관을 제외한 다른 아티팩트들 찾는 데에도 협조해. 그러면 나도 네 왕관 찾는 걸 도와주도록 할게."

아무리 머리를 굴려 봐도 다른 선택지는 없었기 때문에, 훈이는 한숨을 푹 쉬며 천천히 고개를 끄덕였다.

"휴…… 그래, 알겠어."

한편, 중앙 대륙의 동부.

빠른 속도로 밀려드는 몬스터들을 처치해 가며 중심부로 이동하는 데 성공한 타이탄 길드의 원정대는, 쉽게 유적지를 찾지 못하고 있었다.

"아니, 유적지는 대체 어디에 있는 거야?"

달려드는 몽크들과 미이라들을 연이어 처치한 세일론은, 옆에서 마법을 뿌리던 에밀리를 향해 투덜거렸다.

"그걸 알면 내가 이러고 있겠어?"

어떻게 보면 철저한 전투 준비 없이 무턱대고 들어온 중부 대륙이었기 때문에, 아무리 최강을 자랑하는 전력을 가진 타이탄 길드라고 하더라도 시간이 지날수록 체력이 고갈되고 있었다.

그나마 위안이 되는 것은, 다른 사냥터와는 비교도 되지 않을 정도로 많은 양의 경험치 정도.

그리고 아직은 알 수 없는 재화인 '전공 포인트' 또한 그들에게 위안을 줬다.

"이 근방 어디일 거다. 다들 조금만 더 힘내 보도록."

길드원들을 독려한 샤크란은, 최전방에서 몬스터들을 도륙하기 시작했다.

쾅콰콰쾅―!

세 개의 분신이 허공에서 엇갈리며 만들어 내는 커다란 폭발음이 들려왔다.

그리고 순간적으로 일어난 엄청난 기의 파동이 전방에 흩뿌려졌다.

촤라락―.

그 모습을 본 에밀리가 고개를 절레절레 저었다.

"샤크란 님은 또 강해지셨군."

세일론도 고개를 끄덕였다.

"확실히 예전보다 더 강해지신 것 같다. 새로운 아이템이라도 얻으셨나."

그렇게 이런저런 대화를 나누며, 몬스터들을 상대해 가던 그때였다.

대열 후미에 있던 한 타이탄 길드원이 세일론을 향해 소리쳤다.

"세일론 님, 저쪽에 뭔가 있습니다!"

그 소리에 세일론을 비롯한 모든 인원의 시선이, 그가 가리킨 방향을 향해 돌아갔다.

그리고 그것을 본 에밀리가 기쁜 목소리로 소리쳤다.

"샤크란 님, 유적을 찾은 것 같아요!"

사막 한 가운데 솟아 있는 높다란 첨탑 그리고 그 주변을 휘감고 있는 휘황찬란한 구조물들…….

하지만 그것을 본 샤크란은 고개를 저었다.

"아니다, 에밀리. 저건 유적지가 아니야."

"네에?"

그런데 실망한 에밀리의 표정과는 달리, 샤크란은 들뜬 얼굴이 되어 있었다.

'내가 가진 정보가 맞다면 저건 전쟁의 탑이다. 기왕 이렇게 된 거, 성배 대신……!'

고대 유적지 던전의 정확한 명칭은 '홀드림의 무덤'이었다.

처음 던전에 입장했을 때는 '???의 무덤'이라는 이름으로 떠 있었던 던전의 이름이, 중심부에 들어가 이벤트가 발생하자 바뀐 것이었다.

이안과 훈이, 그리고 그 일행들은 거대한 홀드림의 영혼

앞에 서 있었다.

홀드림이 포효하기 시작했다.

-보물을 탐하는 어리석은 자들이여…….

쿠오오오-!

홀드림은 이 중부 대륙을 지배하던 고대의 황제였다.

그리고 그의 원혼이 남아 무덤을 지키고 있었던 것이다.

헬라임이 소리쳤다.

"기사들 앞으로!"

척- 처척-!

제국 기사들은 일사불란한 움직임으로 일행의 앞을 든든히 막아섰다.

그리고 잠시 후, 홀드림의 주변에서 뿜어져 나온 모래폭풍이 일행을 덮치며, 초당 2천이 넘는 강력한 도트대미지가 들어오기 시작했다.

"힐러분들 힐 해 주세요!"

이안의 말에 뒤쪽에서 대기 중인 로터스 길드의 힐러들이 재빨리 앞으로 나와 광역 힐을 시전했다.

'힐러 위주로 데려올걸 그랬나…….'

일행에 포함되어 있는 로터스 길드 유저 열 명 중 힐러는 네 명뿐이었다.

이 정도도 충분히 많이 데려오기는 했다고 생각했지만, 갈수록 힐량이 부족한 것이 확실히 느껴졌다.

황실 기사단에는 정말 최소한의 힐러밖에 없었기 때문이었다.

게다가 그 힐러들도 사제들이 아닌, 힐 겸 탱커인 성기사들이었기 때문에, 백여 명에 육박하는 인원을 전부 케어하는 것이 힘들 수밖에 없었다.

-과연 이곳에 들어올 자격이 있는 이들인지 지켜보겠다!

홀드림의 광포한 외침과 함께 사방으로 충격파가 퍼져 나가며, 일시에 엄청난 대미지가 폭사되었다.

-'사막의 제왕 홀드림'이 '제왕의 포효'를 사용합니다.

-치명적인 피해를 입었습니다!

-생명력이 29,845만큼 감소합니다.

광역 스킬이라고 하기엔 너무도 어마어마한 공격력이었다.

다행히 사망한 인원은 없었지만, 생명력이 전부 최대치였던 일행의 대부분이 게이지 바가 깜빡이고 있었다.

그리고 비교적 레벨이 낮았던 로터스 길드의 유저들은 거의 빈사 상태 수준이었다.

-크하하핫! 내 시험을 통과한다면 잠시 후 다시 만날 수 있겠지.

마지막으로 광소를 터뜨린 홀드림의 영혼은 허공으로 사라졌고, 스산한 기운이 허공을 맴돌기 시작했다.

-'사막의 제왕 홀드림'의 시험이 시작됩니다.

-지하에 잠들어 있던 '사막의 후예'들이 깨어나기 시작합니다.

쿠쿵- 쿠쿠쿵-.

바윗덩어리들이 굴러다니기라도 하는 듯, 요란한 소리들과 함께, 던전 전체가 진동하기 시작했다.

"거 참, 무섭게시리……."

헤르스는 검과 방패를 고쳐 쥐며 전방을 응시했고, 피올란도 긴장한 표정으로 언제든 마법을 캐스팅할 수 있게 준비를 마쳤다.

"정말 엄청나군요. 저 방금 광역 스킬 한 방으로 검정 화면 만날 뻔했어요."

피올란의 말에 이안이 피식 웃으며 고개를 끄덕였다.

"앞으로는 좀 커 보이는 스킬 터진다 싶으면 실드 먼저 쓰세요. 딜이야 지금 모자라지 않으니까, 피올란 님 생존이 더 중요하죠."

"오케이, 그러도록 할게요."

그들이 대화하는 사이, 아무것도 없는 공터에 가깝던 무덤 중심부가 좌우로 쩍 갈라지며 새로운 공간을 드러내었다.

아래쪽으로 깔려 있는 수많은 황금빛 관(棺)들.

홀드림이 사라진 자리에 남아 있던 스산한 누런 빛깔의 기운들이 갈라진 지반 사이로 흡수되듯 빨려들어 갔고, 그와 동시에 관 뚜껑들이 움직였다.

그륵- 그그극-!

듣기 불편한 마찰음과 함께 관 뚜껑이 하나둘 열리기 시작했다.

잠자코 사냥만 하고 있던 훈이가 이안을 향해 입을 열었다.

"조심해야 할 거야."

그 말에 이안의 시선이 저절로 훈이를 향했다.

"뭐?"

이안의 반문에, 옆에 서 있던 데스나이트 발람이 대신 대답했다.

-사막의 후예들은 강력하다. 그리고 각자 특징을 가지고 있지.

훈이는 저들을 알고 있었다.

중부 대륙에는 처음 들어왔지만, 시카르 사막에서 선행 퀘스트를 진행할 때 지겹게 상대했던 몬스터들이었기 때문이었다.

물론 시카르 사막에 있던 홀드림의 후예들은 이들보다 훨씬 허약했지만.

이안이 물었다.

"상대법은?"

훈이는 뚱한 표정이었지만, 그래도 제법 상세히 설명해 주었다.

"도끼를 든 녀석들은 서로 생명력을 공유해. 저놈은 광역스킬로 잡는 것이 좋아."

"생명력을 공유한다고?"

"응. 그러니까 한 놈을 아무리 쥐 패 봐야, 나머지 놈들의 생명력이 들어와서 그 자리를 채워. 그러니까 광역기로 한

번에 잡아야 해.”

광역기라면 이안이 가장 자신 있는 부분이었다.

이안이 고개를 끄덕였다.

“좋아, 그리고 저놈은?”

이안이 손가락으로 가리킨 곳에는 창과 칼을 각각 한 손에 쥔 특이한 모습의 전사가 관을 열고 일어나고 있었다.

“저놈은 들고 있는 저 창을 활 시위에 걸어서 쏘는 무식한 놈이야. 창을 한 개 맞는 건 크게 아프지 않은데, 중첩될수록 대미지가 증폭돼.”

훈이에게서 그 밖의 몇 가지 조언을 들은 이안은, 헬라임에게로 다가갔다.

“단장님, 이 안에서만 잠시 지휘권을 제게 위임해 주세요.”

“음……?”

“저놈들 상대법을 들었는데, 지금 설명하기엔 시간이…….”

그 말에 잠시 고민하던 헬라임이 고개를 끄덕였다.

“그러도록 하죠, 그럼. 한번 자작님을 믿어 보도록 하겠습니다.”

헬라임은 아직 이안이 전장을 지휘하는 것을 본 적이 없었기 때문에 조금 못미더운 표정이었지만, 그래도 그동안 이안이 쌓아 온 신뢰 덕에 지휘권을 넘겨주기는 했다.

지휘권을 넘겨받은 이안은 빠르게 움직였다.

“좌측으로 빠르게 파고듭시다! 활 든 놈들부터 먼저 공격!”

"충—!"

어쨌든 헬라임의 지휘권을 그대로 넘겨받았기 때문에, 제국 기사들은 신속히 이안의 명령을 따라 움직였다.

"카이자르!"

이안의 부름에 카이자르가 퉁명스러운 표정으로 대답했다.

"왜 부르냐?"

"저 뒤쪽에 황금 사자 가면 쓴 놈 보이지?"

카이자르가 고개를 끄덕였다.

"저놈 좀 가신님이 잡아 줘라."

이제껏 거부 없이 자신의 말을 잘 따라 준 카이자르였기 때문에 이번에도 별생각 없이 한 얘기였지만, 그는 고개를 저었다.

"싫다, 귀찮아."

이에 이안은 당황할 수 밖에 없었다.

'저놈은 카이자르나 헬라임이 맡아 줘야 하는데…….'

황금 사자 가면을 쓴, 쌍검을 든 에픽 몬스터.

레벨이 무려 190에 육박했기 때문에, 이안은 직접 나설 엄두가 생기질 않았다.

'헬라임은 제국 기사들이랑 같이 움직여야 전투력이 더 증가하는 것 같은데…… 이거 어쩌지.'

결국 카이자르 외에는 놈을 맡아 줄 대안이 떠오르지 않았다.

"가신님아."

"왜?"

"저놈 잡아 주면, 내가 저번에 먹은 영웅 등급 갑옷 줄게. 뭔지 알지?"

통할 것이라는 확신은 없었지만, 일단 질러 본 것이었다.

그런데 카이자르의 시큰둥하던 표정이 살짝 변했다.

"정말……이냐?"

이안은 속으로 쾌재를 불렀다.

"그렇다니까? 그때 가신님이랑 사냥하다가 먹은 거 있잖아. 복대에 봉황 그려져 있던 거."

카이자르가 고개를 끄덕였다.

"안다. 그거 멋있지."

다 됐다고 생각한 이안이 재빨리 말을 이었다.

"저놈 잡자마자 내가 그거 넘겨줄 테니까 부탁해, 가신님."

하지만 카이자르는 아직까지 뜸을 들이고 있었다.

이안이 최후의 한 수로 그의 자존심을 슬쩍 긁었다.

"가신님, 혹시 쟤 못 이길 것 같아서 그러는 건 아니지?"

그리고 그 말에 카이자르는 벌떡 일어났다.

"나를 뭐로 보고! 저런 하찮은 망령 따위!"

순식간에 검을 뽑으며 자리를 박차고 튀어나가는 카이자르를 보며, 이안은 흐뭇한 미소를 지었다.

'단순해서 좋다니까…….'

전체적으로 적들을 상대할 그림이 나오자, 이안은 소환수들에게도 각기 명령을 내렸다.

"떡대, 너는 저쪽으로 가서 전사들 상대로 시간 좀 끌어주고, 핀이, 레이크, 너희는 광역 스킬 아끼고 있어. 있다가 전사들 한쪽으로 모이면 퍼 부으면 돼."

소환수들은 그의 말에 고개를 끄덕여 의사를 표현한 뒤 전장으로 이동했다.

꾸룩- 꾹꾹-!

드르륵-.

마지막으로 이안은 할리의 등에 탄 뒤 라이와 함께 제국 기사단이 침투한 적들의 측면을 향해 달렸다.

'그런데 앞으로도 카이자르를 부려먹으려면 아이템 하나씩 조공해야 하는 건가……?'

카이자르에게 주기로 한 갑주도, 경매장에 팔면 수십만 골드는 족히 될 만한 비싼 물건이었다.

이안은 속이 조금 쓰렸지만 어쩔 수 없었다.

'그래도 가신에게 주는 거니까 결국은 내거지 뭐.'

그럴싸한 논리로 자기위로를 한 이안은 빠르게 전장으로 뛰어들었다.

-전쟁의 탑을 최초로 발견하셨습니다.

-전공 포인트가 3,000만큼 증가합니다.

—획득한 전공 포인트로, 탑 내의 물품들을 교환할 수 있습니다.

—전쟁의 탑에는 하루 1회, 30분 동안만 방문할 수 있습니다. 입장하시겠습니까?

연이어 떠오르는 메시지들을 보며, 샤크란은 속으로 쾌재를 불렀다.

'역시! 전쟁의 탑이 맞았어……!'

샤크란이 전쟁의 탑과 홀드림의 성배에 관한 지식들을 미리 알 수 있었던 것에는 그만한 이유가 있었다.

그가 진행하고 있던 카이몬의 제국 퀘스트와 관련이 있었던 것이다.

'이거, 라크로뮤에게 고마워해야 하나……?'

카이자르와 이안의 합공에 당해 죽었던, 카이몬 제국의 기사단장 라크로뮤.

샤크란은 그에게서 이러한 정보들을 얻었던 것이었다.

비록 이안과 카이자르에 의해 라크로뮤가 죽어 버려서 퀘스트는 끝까지 완수할 수 없었지만, 오히려 그로 인해 샤크란은 중부 대륙에 대한 많은 정보들을 얻을 수 있었다.

'라크로뮤가 죽어 버려서 파스칼 군도 지휘통제실에 있던 모든 자료를 꿀꺽할 수 있었으니까…….'

이런저런 생각을 하며, 라크로뮤는 전쟁의 탑 안으로 발을 들였다.

"입장한다."

그리고 잠시 뒤를 돌아본 샤크란은 길드원들을 향해 얘기했다.

"이곳은 하루에 한 번밖에 들어오지 못한다. 전공 포인트가 5천 이상 쌓인 사람들만 들어오도록."

말을 마친 그가 완전히 안쪽으로 들어가자, 길드원 대부분이 그를 따라 안쪽으로 들어갔다.

중부 대륙에 들어온 이후로 계속해서 사냥만 해 온 타이탄 길드였기에, 대부분 전공 포인트를 어느 정도 가지고 있었던 것이었다.

게다가 방금 최초 발견 효과가 공유되면서 3천이라는 전공 포인트도 얻었으니, 총 포인트가 5천이 되지 않는 길드원은 몇 없었다.

그리고 그중 가장 전공 포인트를 많이 쌓은 것은 당연히 샤크란이었다.

"어디 보자…… 괜찮은 물건이 있으려나?"

전쟁의 탑은 이틀에 한 번 초기화된다.

내부에 진열되어 있는 아이템들이 이틀에 한 번씩 새로운 아이템으로 전부 바뀐다는 이야기다.

그리고 샤크란은 찾고 있는 물건이 있었다.

'파라오의 깃발…… 그게 있어야 하는데…….'

파라오의 깃발은 홀드림의 성배만큼은 아니었지만, 중요한 물건이었다.

파라오의 깃발이 꽂혀 있는 중부 대륙의 거점지에서는, 훈련되는 병사의 숫자가 두 배 증가하기 때문이다.

집중해서 물건들을 하나하나 살피며 위쪽으로 올라가던 샤크란은, 문득 눈에 띄는 책자 하나를 발견했다.

'이게 뭐지……?'

그리고 호기심에 확인한 아이템은, 다름 아닌 전설 등급의 전사 클래스 스킬 북이었다.

사막 전사의 의지

분류 : 스킬 북 (패시브 스킬)　　　**스킬 등급** : 전설
소모 값 : 없음　　　　　　　　　**재사용 대기 시간** : 없음

사막전사의 의지를 계승하는 전사는, 정신을 집중하여 검막(劍幕)을 생성할 수 있게 된다.

검막은 피격시 15퍼센트의 확률로 생성된다. 스킬 사용자의 공격력의 300퍼센트만큼의 피해를 막아 주며, 150퍼센트만큼의 피해를 되돌려 준다.

*스킬 습득 조건 : 검술의 숙련도가 마스터 1레벨 이상이어야 습득할 수 있다.

*검막이 시전될 때마다 15초 동안 공격력이 10퍼센트만큼 증가하며, 이 효과는 최대 10회까지 중첩된다.

"……!"

전설 등급답게 엄청난 옵션을 가진 패시브 스킬 북.

샤크란은 재빨리 스킬 북을 구입하는 데 필요한 전공 포인트를 확인해 보았다.

-필요 전공 포인트 : 12,000

심지어 현재 보유 중인 전공 포인트를 탈탈 털면 딱 살 수 있을 정도의 수치였다.

'이걸 사야 하나······?'

샤크란은 갈등했다.

분명히 12,000의 전공 포인트가 아깝지 않을 만큼 좋은 스킬 북이기는 했지만, 곧 대규모 전쟁이 벌어질 이 시점에, 개인을 위한 아이템에 전공 포인트를 사용하는 것은 사치일 수도 있기 때문이다.

잠시간의 고민이 이어졌다.

"하아······."

하지만 샤크란은 결국 스킬 북을 집어 들고 말았다.

-'사막 전사의 의지' 스킬 북을 구매하셨습니다.

-전공 포인트가 12,000만큼 차감됩니다.

-잔여 전공 포인트 : 375

샤크란은 속으로 자신을 합리화하며 뒤돌아서 전쟁의 탑을 빠져나왔다.

어차피 이제 포인트도 없었기 때문에, 더 이상 미련을 가지지 않기 위해 일부러 남아 있는 다른 아이템들을 거들떠보지도 않았다.

'그래, 내가 강해지는 게 곧 길드가 강해지는 길이니까······.'

하지만 샤크란은 알지 못했다.

그가 돌아나간 자리에, 중부 대륙의 초반 세력전의 구도를 완전히 판가름 낼 수 있는 물건이 있었다는 사실을…….

이안의 지휘력은 놀라웠다.

소환술사 특수 스텟인 '통솔력' 능력치는 그 이름에 걸맞게 많은 인원을 통제하는 데 큰 효력을 발휘했으며, 평소에도 소환수 여럿을 멀티태스킹하는 데 익숙해져 있던 이안은 적재적소에 명령을 전달하며 최소한의 피해로 승리를 이끌고 있었다.

헤르스는 전투를 계속하며 이안을 힐끗힐끗 쳐다보았다.

'진성이 놈은 분명 머리가 엄청 좋을 거야. 그 좋은 머리를 게임하는 데만 써서 문제지…….'

어지러운 전장에서 상황을 정확히 판단하고 침착히 움직이는 것은 어느 게임에서나 쉽지 않은 일이었다.

하지만 가상현실 게임에서 그 난이도는 더욱더 어려워진다.

헤르스는 마치 신기한 동물이라도 보듯, 이안을 계속해서 힐끔거렸다.

'어떻게 저렇게 여러 가지를 한 번에 신경 쓰지?'

피씨 게임과 달리 가상현실 게임에서는 모니터 안에 내 캐릭터의 주변 시야가 보이는 것도 아니고, 주변 환경을 파악하기 위해서는 정말 자신의 오감에만 의존해야 한다.

여기저기서 폭음이 울려 퍼지고, 잠시만 한 눈을 팔아도 발밑에 광역 스킬이 깔릴 지도 모르는 정신없는 전장.

이 속에서 냉정을 유지하고 최선의 결과를 만들어 내려면 침착해야 함은 물론, 동시에 여러 가지를 신경 쓸 수 있어야 한다.

헤르스는, 평소에 냉철함이나 명석함과는 거리가 멀어 보이는 이안이 이렇게 게임 내에서 전투만 시작되면 완전히 다른 모습을 보여주는 것이 매번 신기했다.

"라이, 핀, 너희 둘이 같이 저놈을 맡아!"

-알겠다. 주인.

꾸루룩-!

이안은 라이와 핀을 한 조로 엮어서 중간중간 등장하는 유일 등급의 대장급 몬스터를 상대하게 했다.

대장급 몬스터의 레벨은 150~160정도.

사실, 라이와 핀의 레벨은 이안의 레벨과 거의 비슷한 120대 후반이었기에, 레벨만 놓고 본다면 둘이 달려들어도 상대할 수 없을 만한 레벨 차이였다.

무려 20~30레벨의 차이.

하지만 같은 120대의 레벨이라고 해도 전설 등급인 라이와 핀의 능력치는, 일반이나 유일 등급의 몬스터 기준에서 150레벨을 상회하는 수준이었기 때문에 일반적인 기준으로 판단할 수가 없었다.

특히 라이가 가진 고유 능력 중 전투 능력치를 50퍼센트나 상승시켜 주는 '펜리르의 분노'는 거의 패시브 스킬이나 다름없는 능력이었다.

10분이라는 재사용 대기 시간이 있었지만 치명타가 터질 때마다 재사용 대기 시간이 감소하기 때문.

게다가 30분에 한번 사용할 수 있는 어둠 잠식 능력은, 3분 동안 라이를 거의 무적 상태로 만들어 주었다.

여기에 날이 어두워져, 패시브 능력인 '달의 계승자'까지 발동되면 그야말로 좀비가 되어 버리는 라이다.

이안은 자신보다 많게는 20레벨 이상 높은 적들을 압도하는 라이를 보며 뿌듯한 미소를 지었다.

'이제 라이의 능력 활용도 확실히 적응이 됐어.'

그렇다고 전투 자체가 쉬웠다는 이야기는 아니었다.

이 한 번의 전투로 제국 기사단 아흔 명 중 다섯 명이나 전투 불능 상태가 되어 버린 것이었다.

어느 정도 전세가 기울어지고 여유가 생기자, 헬라임이 이안에게 다가왔다.

"수고하셨습니다, 자작님. 지휘력이 이렇게 뛰어나신 줄 몰랐습니다."

헬라임의 칭찬에 이안은 멋쩍은 표정이 되었다.

"하하, 뭐 결과가 좋으니 다행이네요. 여기 마무리되는 대로, 지하로 내려가도록 할까요?"

이안의 말에 헬라임이 고개를 끄덕였다.

"예, 그게 좋을 것 같습니다. 최대한 빨리 성배를 손에 넣는 것이 우선이니까요."

모든 '사막의 후예'들을 처치하는 데 성공한 이안 일행은, 곧바로 계단을 타고 지하로 이동하기 시작했다.

무덤 내부는 바깥에서 본 규모에 걸맞게 무척이나 넓었으며, 복잡한 구조를 가지고 있었기 때문에 길을 찾는 것도 쉽지 않았다.

이안이 자신의 바로 뒤쪽에서 따라오던 훈이를 힐끔 보며 물었다.

"훈이, 혹시 홀드림이 잠들어 있는 방이 어딘 줄 알 수 있을까?"

이안의 물음에 훈이는 퉁명스러운 어조로 대답했다.

"그걸 내가 어떻게 알아."

이안은 훈이의 옆에 둥둥 떠 있는 데스나이트를 가리키며 말을 이었다.

"왠지 이 친구는 알 수 있을 것 같기도 한데?"

대답은 훈이 대신 발람으로부터 돌아왔다.

-나도 정확한 위치는 알 수 없다. 단지 어둠의 기운을 느낄 수 있을 뿐.

"그래?"

-하지만 분명한 건, 우리가 지금 움직이고 있는 방향은 옳다는 것이

다. 우리는 점점 그에게 가까워지고 있다.

이안은 고개를 끄덕였다.

옳은 방향으로 움직이고 있다는 사실만 알아도 충분했다.

"그렇군. 알겠다."

전방에 등장한 몬스터를 발견한 이안이 저만치 앞서 걸음을 옮기자, 발람이 훈이를 향해 입을 열었다.

—무엄한 인간인 것 같다. 훈이. 어둠의 후계자에게 저리 건방진 언행이라니.

그 말에 훈이도 고개를 끄덕였다.

"동감한다, 발람. 힘이 없다는 것이 이렇게 서글픈 일인 줄이야……."

마치 영화 속 비운의 주인공처럼 쓴웃음을 지은 훈이는, 속으로 생각했다.

'이안 이 자식, 내가 임모탈의 권능만 손에 넣으면 반드시 복수할 테다!'

하지만 과연 그 복수가 잘 될지는 지켜봐야 할 일이었다.

지금으로부터 거의 천년 여 전.

홀드림은 고대 중앙 대륙을 지배하던 거신족의 황제였다.

그리고 그에게는 두 개의 얼굴이 있었다.

하나는 중앙 대륙의 태평성대를 이끌었던 성군으로서의 홀드림.

그리고 다른 하나는 어둠의 힘에 물들어 타락하여, 나라를 망치고 스스로 자멸한 파멸의 군주 홀드림이었다.

말년의 홀드림은, 임모탈의 꼭두각시가 되어 중부 대륙에 어둠의 씨앗을 잉태시켰고, 임모탈은 홀드림을 통해 조금씩 힘을 회복해 부활을 꿈꿨다.

그리고 그 과정에서 임모탈이 홀드림을 좌지우지하기 위해 사용했던 매개체가 있었는데, 그것이 바로 그의 왕관이었다.

다른 이름으로 저주의 왕관이라고 불리기도 하는 홀드림의 왕관.

임모탈은 잃어버린 힘을 다시 회복하기 위해 홀드림의 왕관을 찾아야 했다.

홀드림의 왕관에는, 과거에 그가 쌓아 놓은 어둠의 힘이 축적되어 있었으니까.

'드디어…… 퀘스트의 끝이 보인다!'

눈앞에 나타난 홀드림의 본체.

정확히는 머리에 씌워진 홀드림의 왕관을 보며, 훈이가 씨익 웃었다.

'시카르 사막에서 길을 잃은 것이 히든 퀘스트로 돌아올 줄은 몰랐지.'

훈이는 다른 퀘스트를 진행하던 중 시카르 사막에서 길을 잃었고, 우연히 임모탈의 원혼을 만날 수 있었던 것이었다.

그렇게 해서 훈이가 받은 히든 퀘스트의 이름이 바로 '저주의 왕관'이었다.

'임모탈의 권능만 얻는다면, 이안 놈 정도는 이길 수 있을 텐데…….'

훈이는 이안의 소환수들 중 가장 강력한 라이를 힐끗 쳐다봤다.

전투 중 이안의 전력을 탐색한답시고 열심히 관찰했기 때문에, 라이가 얼마나 강력한지 피부로 느끼고 있었다.

'저 펜리르 놈이 좀 강해 보이긴 하지만, 나에게는 발람이 있으니까.'

설마 카이자르가 이안의 가신일 것이라고는 꿈에도 생각 못한 훈이는 이안을 이겨 볼 생각에 히죽히죽 웃음이 나왔다.

그리고 이안에 대한 복수(?)를 꿈꾸는 훈이와는 별개로, 대규모 보스전이 시작되려 하고 있었다.

-결국 여기까지 왔구나, 어리석은 영혼들!

광포한 흉성을 내뿜는 홀드림.

일행은 긴장한 채, 홀드림의 움직임을 주시했다.

-모두 지옥으로 보내 주마!

새하얀 빛과 시커먼 안개가 동시에 홀드림의 영혼을 감싸고 휘감기기 시작했다.

그러자 반투명한 형상을 하고 있던 홀드림의 유령이, 점점

색이 짙어지며 지상에 현신하기 시작했다.

쿠웅—!

마치 포를란 던전의 거인을 보는 듯, 거대한 몸집을 가진 홀드림.

그리고 그의 머리 위에 떠오른 레벨을 본 순간, 이안은 식은땀을 흘릴 수밖에 없었다.

'미친, 레벨이 270이라고? 카이자르보다 높잖아!'

홀드림의 이름 옆에 번쩍이는 금빛으로 쓰여 있는 레벨은, 분명 270이라는 어마어마한 수치였다.

'그래도 질 거라는 생각은 하지 않지만…… 피해가 제법 있겠어.'

이안은 훈이를 슬쩍 째려봤다.

왠지 저 꼬마 녀석 좋은 일만 해 주는 것 같았다.

자신과 제국 기사단이 아니었다면, 훈이가 어떻게 홀드림을 공격할 생각을 할 수 있었겠는가?

그런데 이안이 배 아파하던 그때, 돌연 훈이가 전면으로 나서며 손을 번쩍 치켜들었다.

"홀드림, 어둠의 맹약을 잊은 것은 아니겠지?"

커다랗게 소리치며 품속에서 해골 문양이 그려진 둥그런 패를 꺼내든 훈이.

그리고 그것을 발견한 홀드림의 표정이 새하얗게 굳었다.

—이, 이 물건이 대체 왜 여기……?

홀드림은 당황한 기색이 역력한 표정으로, 훈이를 보며 뒷걸음질쳤다.

"내가 바로 임모탈의 후예, 간지훈이다. 이 자리에서 천년 전의 맹약을 실행하겠다!"

손발이 오그라들어 전부 사라질 정도로 강력한 대사를 내뱉은 훈이가, 한 발씩 홀드림의 앞으로 다가갔다.

저벅– 저벅–.

나머지 일행들은 공격하려던 것을 멈춘 채 흥미로운 표정으로 훈이를 바라보았고, 훈이가 들고 있던 해골 문양의 목패에서는 음산한 기운이 흘러나오기 시작했다.

끼이이이– 끼이익–!

온몸에 소름이 돋을 정도로 기괴한 소리들이 허공에 울려 퍼졌고, 홀드림은 괴로운 표정을 지으며 비명을 질렀다.

–크아아아, 이노옴……!

그리고 잠시 후, 장내에 있던 모든 이들의 시야에 시스템 메시지가 하나 떠올랐다.

–어둠의 군주, 임모탈의 맹약이 시행됩니다.

–홀드림의 왕관에서 어둠의 기운이 흘러나옵니다.

–앞으로 10분 동안 홀드림의 모든 능력치가 40퍼센트만큼 감소합니다.

–홀드림의 시야가 잠시 동안 실명 상태가 됩니다.

어둠의 맹약으로 인해, 홀드림에게 무지막지한 디버프가

걸려 버린 것이다.

　시스템 메시지가 떠오르자마자, 이안은 곧바로 지팡이를 치켜들었다.

　"모두, 공격!"

　그리고 기다렸다는 듯, 기사단이 일제히 홀드림을 향해 뛰어들었다.

　그중에서도 단연 돋보이는 것은 카이자르였다.

　쾅- 콰콰쾅-!

　시커먼 펜리르의 대검으로부터 뿜어져 나오는 거대한 어둠의 파동.

　-가신 카이자르가 '어둠 방출'을 사용하여 '홀드림'에게 27,684만큼의 피해를 입혔습니다.

　-'어둠 방출'의 효과로 인해 '홀드림'의 방어력이 3초동안 30퍼센트만큼 하락합니다.

　디버프가 중첩되고, 강력한 공격들이 연이어 홀드림을 강타하자, 그의 생명력 게이지가 빠르게 깎여 내려가기 시작했다.

　-이……놈……들!

　분노에 찬 포효를 한 차례 내뱉은 홀드림이 사방으로 검을 휘두르기 시작했다.

　쾅- 쾅-!

　그리고 모든 능력치 40퍼센트 감소라는 막대한 디버프가 걸렸음에도, 홀드림은 약하지 않았다.

－소환수 떡대가 홀드림으로부터 치명적인 피해를 입었습니다.

　－떡대의 생명력이 41,209만큼 감소합니다.

　물론 치명타가 터지기는 했지만, 단지 휘두르는 검에 맞았을 뿐인데도 4만이 넘는 생명력이 잘려 나가는 무지막지함.

　이안은 홀드림의 엄청난 공격력에 마른침을 꿀꺽 삼켰다.

　'디버프가 안 걸렸으면 정말 엄청났겠네. 저 이상한 꼬마 녀석이 의외로 도움이 되는데?'

　이안의 시선이 자동으로 훈이를 향해 돌아갔고, 훈이는 전방에서 열심히 홀드림에 맞서 싸우고 있었다.

　조금 특이한 점은, 훈이의 주변을 휘감고 있는 검보라 빛의 보호막을 홀드림이 피한다는 느낌이 드는 것이었다.

　'퀘스트 중이라더니 정말이었나 보네. 하긴, 그렇지 않았으면 어둠의 맹약인지 뭔지, 쓸 수도 없었겠지.'

　이안은 훈이에게서 관심을 끄고, 눈앞의 홀드림을 상대하는 데 집중하기 시작했다.

　어떻게든 디버프가 풀리기 전인 10분 내로 홀드림을 잡아야만 했다.

　그러지 못하면, 전세가 뒤집어지지 않을 것이라고 장담할 수 없었으니까.

　"폴린, 뒤쪽 조심!"

　이안의 외침에 폴린이 가까스로 허공에서 떨어지는 불덩이를 피했고, 곧이어 그의 반격이 이어졌다.

–가신 '폴린'이 고유 능력 '뇌전의 심판'을 사용합니다.

–'홀드림'의 생명력이 17,649만큼 감소합니다.

카이자르만큼은 아니었지만, 그래도 라이나 핀에 비해 전혀 부족하지 않은 공격력을 보여 주는 폴린이었다.

이안은 경매장에 갈 일이 있으면 기특한 폴린에게 장비라도 맞춰 줘야겠다는 생각을 하며, 전방을 향해 마력의 구체를 쏘아 대기 시작했다.

펑– 펑– 펑–!

그리고 5분 정도가 지났을까?

백여 명의 인원에게 둘러싸여 집중 공격당한 홀드림의 신형이 천천히 무너져 내려가기 시작했다.

아무리 270레벨의 보스몬스터라고는 해도, 치명적인 제약이 걸려 있는 상태에서 수백의 공격을 받으니 당해 낼 재간이 없었던 것이었다.

쿵–.

홀드림의 거구가 바닥에 쓰러지며, 커다란 소리가 울려 퍼졌고, 이안의 눈앞에 홀드림의 사망을 알리는 시스템 메시지가 떠올랐다.

–홀드림을 처치했습니다. 3,485,910의 경험치를 획득했습니다.

–타락한 고대 거신족의 군주를 처단하여 명성이 5만 만큼 증가합니다.

NPC를 제외하더라도 열 명에 가까운 파티에 나뉜 경험치임에도 300만이 넘는 막대한 양이 쌓이는 것을 보며, 이안은 뿌듯한 표정이 되었다.

'크으, 곧 있으면 130레벨도 찍을 수 있겠어.'

그런데 그때, 이안의 눈앞에 또다시 메시지가 떠올랐다.

-홀드림의 왕관에 깃들어 있던 어둠의 힘이 해제됩니다.

홀드림의 머리에 씌워져 있던 왕관이 허공으로 둥둥 떠오
르더니, 그 주변을 맴돌던 검보랏빛의 기류가 빠져나와 훈이
의 해골목패를 향해 빨려 들어갔다.

그리고 이어서, 당황스러운 메시지가 떠올랐다.

-홀드림의 왕관이 가장 강한 힘을 가진 이를 새로운 주인으로 선택
합니다.

-홀드림의 왕관이 가신 '카이자르'를 선택했습니다.

훈이의 안색이 새하얗게 질렸다.

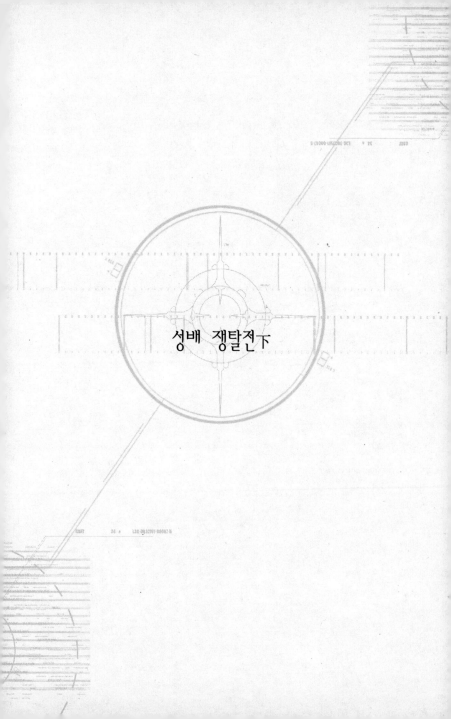

성배 쟁탈전 下

Taming
Master

"이, 이게 대체⋯⋯!"

훈이는 망연자실한 표정으로 카이자르를 응시하고 있었다.

홀드림은 흙빛이 되어 가며 허공으로 흩어졌다.

그리고 둥실둥실 떠오른 채 카이자르를 향해 움직이는 홀드림의 왕관⋯⋯.

훈이는 자신의 눈앞에 떠 있는 상태 메시지를 도저히 믿을 수 없었다.

−홀드림의 왕관이 '불패의 검사 카이자르'를 선택했습니다.

지금까지 그의 노력을 전부 물거품으로 만들어 버리는 한 줄의 메시지에 훈이가 절규했다.

"으아아! 내 퀘스트⋯⋯ 퀘스트는⋯⋯!"

그와 별개로, 어느새 홀드림의 왕관을 받아 든 카이자르는 만족스러운 표정으로 왕관을 보고 있었다.

"크으, 물건이 사람 볼 줄 아는구먼."

그리고 카이자르는 이안을 향해 고개를 돌렸다.

"봤냐, 영주 놈아? 내가 이 정도다."

"……."

이안은 어이없다는 표정으로 카이자르와 훈이를 번갈아 응시했다.

이게 어떻게 돌아가는 상황인지, 이안으로서도 이해가 잘 되지 않았다.

'이거…… 좋아해야 하는 거 맞나?'

금방이라도 울 것 같은 훈이의 표정이 더욱 안쓰러웠다.

그리고 카이자르가 이안의 가신인 줄 모르는 훈이는, 그저 카일란의 개발사를 욕할 수밖에 없었다.

'제기랄. 이건 유저 농락이야. 유저 능욕이라고! LB소프트에 전화해서 항의해야겠어.'

하지만 그런다고 해서 바뀔 것이 없을 것이라는 건, 훈이도 잘 알고 있었다.

훈이는 망연자실한 표정으로 중얼거렸다.

"망할! 어떻게 이렇게 꼬일 수가 있는 거야?"

그렇다고 카이자르에게 덤벼 왕관을 빼앗을 엄두는 더더욱 나지 않았다.

단 몇 번의 공방으로 데스나이트 발람을 때려눕히던 그 위용이 아직 잊히지 않았기 때문이었다.

이안이 안쓰러운 표정으로 훈이에게 말을 걸었다.

"야, 이거 어쩌냐?"

"……"

"이건 불가항력이잖아."

훈이가 이안을 째려보았다.

"지금 시비 거냐?."

"아니 뭐, 시비는 아니고."

훈이는 이안이 얄미웠지만 그렇다고 이안에게 뭐라고 할 수도 없는 상황이었기 때문에, 그저 속으로 분을 삭일 수밖에 없었다.

이안의 의지와는 전혀 상관없는 상황이었으니까.

그런데 그때, 발람이 입을 열었다.

-훈이, 임모탈 님의 임무를 완수할 수 있는 다른 방법이 있다.

그 말과 동시에 훈이의 시선이 자동으로 돌아갔다.

"뭐, 뭔데?"

훈이로서는 시커먼 어둠 속에 한 줄기 빛과도 같은 발람의 말.

발람이 카이자르를 슬쩍 응시하며 말을 이었다.

-앞으로 백 일 동안 왕관의 주인의 옆에 머물면서 새어나오는 어둠의 기운을 목패 안에 받으면 된다.

그리고 발람이 훈이의 손에 들려 있는 해골 목패를 가리
켰다.

−다행히도 왕관의 어둠의 봉인이 풀렸기 때문에, 저장되어 있던 어둠
의 기운이 지속적으로 흘러나올 것이다. 그걸 전부 받아 내는 데 이십
일이 걸린다.

그 말에 훈이의 표정이 살짝 밝아졌다.

퀘스트만 성공시킬 수 있다면, 아티팩트 하나 정도 손실은
아무것도 아니었다.

이십 일이라는 기간이 제법 길기는 했지만 '임모탈의 권능'
은 그 정도의 시간이 아깝지 않을 만큼 매력적인 능력이었으
니까.

"다행……."

그런데 그때, 그들의 뒤쪽에서 시큰둥한 목소리가 들려
왔다.

"누구 마음대로? 내 근처에 얼씬도 하지 마라, 이상한 꼬
마."

목소리의 주인은 다름 아닌 카이자르였다.

훈이의 얼굴이 다시 사색이 되었다.

"아니, 대체 왜? 그냥 흘러나오는 어둠의 기운만 받겠다는
데!"

카이자르가 손을 까딱거리며 대답했다.

"간지훈이, 네놈은……."

모두의 시선이 카이자르의 입으로 모였다.

그리고 이어진 그의 말에 훈이는 절망했다.

"너무 비호감이다."

"……."

단호한 카이자르의 한마디.

게다가 개인의 취향이라 뭐라 반박할 수도 없었기 때문에, 훈이는 말문이 막혔다.

훈이는 충격에 말을 더듬었다.

"비, 비호감이라니! 임모탈 님의 권능을 이어 갈 차기 어둠의 군주에게……!"

카이자르는 고개를 절레절레 저었다.

"역시 이상하다."

"……."

이안은 입 밖으로 삐져나오려는 웃음을 간신히 참으며, 카이자르에게 말했다.

왠지 저 불쌍한 꼬마 녀석을 도와주고 싶어졌다.

"가신님아."

"왜 그러냐, 영주 놈아."

"그러지 말고 한번 도와줘라."

생각지도 못하게 이안이 자신의 편을 들어주자, 훈이의 안색이 조금 밝아졌다.

하지만 카이자르는 여전히 시큰둥한 표정이었다.

"왜 그러지?"

"쟤, 알고 보면 불쌍한 애야. 봐, 말하는 것만 봐도 정상인 같지는 않잖아."

카이자르가 훈이를 슬쩍 응시했다.

그리고 이해했다는 듯, 고개를 주억거렸다.

"그것도 일리가 있기는 하군."

훈이는 자신을 이상한 놈 취급하는 두 사람을 보며 분노했지만, 티를 낼 수는 없었다.

지금 그에게 가장 중요한 것은 퀘스트였으니까.

"야, 꼬마 놈아."

카이자르의 부름에 훈이는 반사적으로 대답했다.

"으응?"

"내 제안을 수락하면 한번 생각해 보도록 하겠다."

훈이가 재빨리 물었다.

"제안? 그게 뭔데?"

그리고 카이자르의 말이 이어졌다.

"앞으로 내 부하가 되면 된다. 영주 놈을 부려먹을 순 없으니, 부려먹을 사람이 한 놈 필요하다."

"……."

훈이의 주먹이 수치심(?)에 부르르 떨렸다.

"부려먹을 놈이라니……!"

카이자르가 다시 입을 열었다.

"대신!"

훈이와 발람, 그리고 이안의 시선이 카이자르의 입을 향했다.

"네놈이 만약 나보다 강해진다면 자유를 주도록 하지. 어떤가. 임모탈의 후계자라면 그 정도의 배짱은 있어야 하지 않겠는가."

훈이와 카이자르의 시선이 허공에서 맞부딪쳤다.

그리고 이 종잡을 수 없는 상황 전개에, 이안은 흥미진진한 표정이 되었다.

훈이가 두 눈을 감고 생각에 잠겼다.

'하, 이거 어떻게 해야 하지?'

훈이는 실눈을 뜨고 카이자르를 슬쩍 응시했다.

'임모탈의 권능을 얻으면 저놈을 이길 수 있을까?'

훈이는 카이자르의 정확한 레벨을 모른다.

이안이 모든 설정을 비공개로 해 놓았기 때문에, 카이자르를 비롯한 모든 이안의 가신들도 레벨이 노출되지 않았다.

그저 겉으로 보이는 전투력으로, 카이자르의 강함을 추측할 수 있을 뿐.

'그래. 저놈 레벨이 높아야 200이 넘겠어? 엔피씨는 레벨이 잘 오르지 않으니 임모탈의 권능만 있으면 금방 따라잡을 수 있을 거야.'

훈이의 생각처럼, NPC는 특별한 경우가 아니고서는 거의 레벨이 오르는 일이 없었다.

하지만 카이자르는 일반적인 NPC가 아니라는 게 문제
였다.

카이자르는 이안의 가신이었고, 지금도 계속 성장 중이
었다.

결정적으로 카이자르의 레벨은 247.

훈이가 예상하는 수준과 비교도 되지 않을 정도로 높았던
것이 문제였지만 말이었다.

그런 사실들을 모르는 훈이의 입이 천천히 열렸다.

"좋아! 하겠어."

카이자르가 게슴츠레한 눈초리로 훈이를 응시했다.

"정말?"

"그래. 대신 약속을 지켜라."

"무슨 약속을 말하는 거지?"

"내가 네놈을 이긴다면, 이 계약은 무효가 되는 것이다."

훈이의 말에 카이자르가 피식 웃었다.

"물론이지. 나 카이자르는 한 입에 두 말을 담지 않는다.
믿어도 좋다."

그리고 훈이가 고개를 끄덕이자, 카이자르가 훈이를 향해
손을 뻗었다.

그에 훈이는 불안한 눈으로 카이자르를 응시했고, 훈이의
눈앞에 메시지 창이 떠올랐다.

띠링-.

그리고 옆에서 그 광경을 지켜보던 이안은 놀란 눈으로 카이자르를 보았다.

'가신이 된 NPC도 퀘스트를 줄 수 있는 거 였어?'

이안은 훈이의 눈앞에 떠올랐을 메시지 창이 어떤 것일지는 알 수 없었지만, 분명 훈이의 머리 위에 떠오른 이펙트는 퀘스트를 받을 때 떠오르는 그것과 동일한 것이었다.

이안은 훈이가 더욱 불쌍해졌다.

'설마…… 수락하는 건 아니겠지? 말이 조건부 계약이지, 저 조건이면 그냥 종신계약이라고 봐도 무방한데.'

하지만 말릴 생각은 없었다.

이안의 입장에서도, 부려먹을 수 있는 부하가 하나 더 생기는 것이나 마찬가지라고 생각했기 때문이다.

'쫄따구는 많을수록 좋으니까. 그리고 저놈 제법 쓸모 있

기도 하고.'

그리고 이안이 기대했던 대로, 훈이는 카이자르의 제안을 수락했다.

"좋아, 수락하도록 하지."

아직까지 불끈 쥔 주먹을 부르르 떨고 있는 훈이를 보며, 옆에 서있던 헤르스가 이안을 향해 속삭였다.

"야, 쟤 큰일 난 거 아니냐?"

이안은 고개를 끄덕였다.

"맞아. 큰일 났지."

근처에 있던 피올란도 거들었다.

"저 꼬마, 불쌍하네요. 얼마 후에 현실을 알게 되면 캐릭터 삭제할지도 모르겠어요."

이안의 발밑에 내려와 있던 뿍뿍이도 고개를 절레절레 흔들었다.

뿍ー 뿌뿍ー.

뿍뿍이마저 안타까운 표정으로 훈이를 바라보았다.

뿍뿍이의 눈에는, 미트볼로 인색하게 구는 악덕 주인 이안과 카이자르가 왠지 모르게 겹쳐 보였다.

하지만 주변 사람이 어떻게 생각하든, 훈이는 전의를 불태웠다.

"내가 금방 건방진 네놈을 이길 정도의 실력을 키워 도전하겠다. 그때 가서 날 피하는 건 아니겠지?"

물론 훈이를 향해 돌아오는 건, 카이자르의 비웃음이었다.

"말투부터 고쳐라, 꼬맹아. 주군에게 그런 버르장머리 없는 말투라니."

카이자르의 말을 들은 이안은 어이가 없었다.

'뭐? 영주한테 영주 놈이라고 하는 가신 놈이!'

이안의 생각과는 별개로 훈이는 한숨을 푹 내쉬며 고개를 끄덕였다.

"알겠다, 주군."

"말이 짧다."

"알겠……습니다."

지팡이를 땅에 짚은 채, 훈이는 울분을 삼키고 있었다.

"크윽, 차기 어둠의 군주인 내가 이런 꼴이 되다니!"

그리고 그런 그를 발람이 위로했다.

-임모탈 님의 부활을 위해 어쩔 수 없는 선택이었다, 훈이. 그대는 이 시련을 이겨낼 수 있을 것이다.

한편 두 사람의 대화를 들은 이안은 어이없는 표정이 되었다.

'허, 진짜 뭐 저런 놈이 다 있지?'

어느새 훈이는, 이 상황과 역할에 이입하고 있었던 것이다.

이안은 고개를 절레절레 저으며 천천히 걸음을 옮겼다.

우여곡절이 있었지만 어쨌든 홀드림을 처치하는 데 성공했으니 홀드림의 보물들을 챙겨야 했다.

'저 문 뒤에 아티팩트들이 쌓여 있겠지?'

성배를 제외한 아이템은 공평하게 분배를 해야 하겠지만, 그것을 감안해도 엄청난 보상을 얻을 수 있을 것임을 이안은 의심하지 않았다.

"저 안에 성배가 있겠죠?"

이안의 물음에 헬라임이 고개를 끄덕였다.

"아무래도 그렇지 않겠습니까."

문고리를 잡은 이안의 손에 힘이 들어갔고, 굳게 닫혀 있던 철문이 삐걱거리며 천천히 열리기 시작했다.

띠링—.

—'다크루나' 길드가 중부 대륙의 첫 번째 거점지를 점령하는 데 성공했습니다.

—길드 명성이 10만 만큼 상승합니다.

—거점지 등급 : 없음

—황폐한 거점지를 발전시켜 거점지 등급을 올려야 합니다.

—주변 몬스터를 토벌하고, 내정을 시작하십시오.

다크루나 길드의 길드마스터이자, 명실공이 카일란 한국 서버 최강자인 이라한.

중부 대륙의 한복판에 최초로 깃발을 꽂은 이라한은 만족스러운 표정이 되었다.

"좋아. 이번 대규모 업데이트도 우리 다크루나 길드에서 선점할 수 있겠군."

이라한의 클래스는, 히든 클래스인 '마검사'라고 알려져 있었다. 하지만 이 '마검사' 클래스는 이라한 외에 어떤 유저도 가지고 있지 않았기 때문에 아무런 정보도 알려진 바가 없다.

심지어 마법사 클래스에서 파생된 히든 클래스인지, 전사 클래스에서 파생된 히든 클래스인지조차도 이라한을 제외하고는 아무도 알지 못했다.

심지어 이라한은 이안처럼 자신의 모든 정보를 비공개 설정해 놨기 때문에 랭킹 목록에도 뜨지 않아서, 아무도 그의 레벨조차 알지 못했다.

이라한의 정확한 클래스가 알려진다면, 마법사 랭킹 1위인 홍염의 마도사 레미르와 전사 랭킹 1위인 타이탄 길드의 마스터 샤크란 둘 중 한 명의 랭킹이 한 계단 뒤로 밀려 내려갈 것이라고 유저들은 추측했다.

"이라한 님, 곧 두 개 정도의 거점지를 더 확보할 수 있을 것 같습니다. 더 늘리라고 지시할까요?"

다크루나 길드의 수뇌부 중 한 명인 듯 보이는 남자의 말에, 이라한은 고개를 저었다.

"아니, 그럴 필요는 없을 것 같다. 어차피 그 이상으로 거점지를 늘려 봐야 지켜 낼 여력도 되지 않아. 일단 점령한 거점지 주변을 토벌하고, 성장시키는 데 힘쓴다."

"예, 알겠습니다."

대답한 남자가 뒤돌아 거점기지 바깥으로 나가자, 이라한
은 옆에 서있던 한 여성 유저를 향해 입을 열었다.

"솔린, 홀드림의 성배에 대한 단서는 찾았나?"

이라한의 말에 솔린이라 불린 여성 유저가 고개를 끄덕이
며 대답했다.

"예, 찾았습니다, 마스터."

이라한이 흡족한 표정으로 다시 물었다.

"좋아. 위치는?"

"중부 대륙 중심부 쪽에 있는 고대의 유적 안에 홀드림의
무덤이 있습니다. 그곳에서 성배를 얻을 수 있을 것으로 추
정됩니다."

이라한이 고개를 끄덕였다.

"오케이. 솔린, 네가 한 서른 명 정도 꾸려서 먼저 출발하
도록. 금방 쫓아가도록 하지."

이라한의 말에 솔린이 잠시 머뭇거리며 입을 열었다.

"한데 마스터, 문제가 하나 있습니다."

"무슨 문제?"

"그게…… 우리보다 먼저 유적에 들어간 유저들이 있는 것
같습니다. 깃발을 보니 루스펠 제국의 유저들인 것 같습니다."

그 말을 들은 순간, 이라한의 두 눈에 이채가 어렸다.

이라한은 흥미로운 표정으로 입을 열었다.

"오호, 루스펠 제국 유저들 중에 중부 대륙 중심부까지 이렇게 빠르게 진입할 능력을 가진 놈들이 있었나?"

솔린이 이라한을 향해 조심스레 물었다.

"어떻게 할까요, 마스터? 지금 최대한 빨리 움직여야 하지 않겠습니까? 성배를 빼앗긴다면 계획이 제법 많이 틀어집니다."

하지만 살짝 조급한 표정인 솔린과 달리 이라한은 무척이나 여유로운 표정이었다.

이라한이 씨익 웃으며 말했다.

"급할 거 없다, 솔린."

"예……?"

이라한의 입꼬리가 슬쩍 말려 올라갔다.

"천천히 가도 상관없다. 놈들을 놓치지만 않으면 돼."

"그 말씀은……."

"성배를 들고 나오면, 우리가 다시 빼앗으면 되니까 걱정할 것 없다는 얘기다. 오히려 더 흥미진진해졌군. 너무 시시할까 봐 걱정이었는데 말이지."

이라한이 허리에 차고 있던 청색 검 한 자루를 풀어 솔린에게 건네었다.

"이 검을 들고 먼저 움직이도록. 던전 안으로 들어가진 말고, 그 앞을 지켜. 놈들이 나오면 곧바로 칠 수 있게 말이지."

솔린이 검을 받아들고는 물었다.

"이 검은 무슨 아이템입니까?"

"황제가 하사한 물건이다. 공격력이나 옵션 자체는 그렇게 좋지 않지만, 소환 마법이 걸려 있어서 제법 유용하게 쓸 수 있을 거야."

솔린이 고개를 끄덕이며 대답했다.

"알겠습니다."

이라한이 솔린을 불렀다.

"솔린."

"예, 마스터."

"루스펠 나부랭이들 정도는 내가 직접 가지 않아도 충분히 상대할 수 있겠지?"

솔린이 차갑게 웃으며 대답했다.

"물론입니다, 마스터."

이안의 일행이 들어온 곳은 휘황찬란한 금빛으로 사방이 치장된, 말 그대로 보물창고와 같은 곳이었다.

그런데 문제는, 공간 자체가 화려할 뿐이지 정작 고급스러운 아이템은 몇 개 보이지 않는다는 것이었다.

쌓여 있는 금화도 처음에는 많아 보였으나 분배하고 나니 한 사람당 5만 골드 남짓 정도밖에 가져갈 수 없었다.

이안은 아쉬운 마음을 감추며 가장 안쪽에 있는 단상으로 걸음을 옮겼다.

'그래도 성배는 있네, 다행히.'

단상에는 운동 경기의 우승 트로피 정도의 크기인 금빛 성배가 자리 잡고 있었고, 이안은 그것을 집어 들었다.

어쨌든 지금 가장 중요한 것은 홀드림의 성배였으니까.

띠링-.

-'홀드림의 성배'를 획득했습니다.

-'시카르 유적지 탐사' 퀘스트의 클리어 조건을 충족했습니다.

-클리어 등급 : S

-퀘스트를 성공적으로 클리어하여, 경험치를 2,500만 만큼 획득합니다.

-퀘스트를 성공적으로 클리어하여, 명성을 10만 만큼 획득합니다.

-연계되는 새로운 퀘스트가 발생합니다.

그리고 이어서 퀘스트창이 이안의 눈앞에 떠올랐다.

홀드림의 성배를 이용한 거점지 점령

당신은 성공적으로 홀드림을 처치하고 성배를 손에 넣었다.

홀드림의 성배에 담겨 있는 성수는 중부 대륙 거점지의 성장을 두 배만큼 빠르게 만들어 주며, 거점을 점령하는 데 걸리는 시간을 절반으로 줄여 준다.

성배의 능력을 이용하여 거점지를 점령하라.

퀘스트 난이도 : 없음　　　　　**퀘스트 조건 : 알 수 없음**

제한 시간 : 7일

*성배를 잃어버리거나 빼앗긴다면, 퀘스트가 실패합니다.

*빼앗긴 성배를 다시 되찾을 경우, 퀘스트를 다시 시작할 수 있습니다.

이안은 떠오른 메시지를 차근차근 읽으며 고개를 끄덕였다.

그리고 잠시 생각에 잠겼다.

'성배를 빼앗길 경우라는 전제조건이 있는 걸 보면, 이 성배를 노리는 다른 세력이 분명히 존재한다는 건데…….. 성배를 노리는 NPC나 몬스터들이라도 있는 걸까?'

성배와 관련된 퀘스트가 여기저기서 발생했는지 모르는 이안은, 일단 성배를 노리는 NPC나 몬스터가 있다고 추측했다.

퀘스트가 아니고서야 일반 유저가 성배의 존재를 아는 것은 불가능했으니까.

그리고 그것이 아예 틀린 추측도 아니었다.

다른 유저들을 제하더라도, 이안의 생각처럼 성배를 노리는 NPC들은 존재했다.

이안이 헬라임을 향해 물었다.

"단장님은 이제 어떻게 움직이실 겁니까?"

황제의 명령으로 기사단이 이안을 돕는 것은, 시카르 유적지 탐사 퀘스트까지였다.

그 이후에도 이들이 자신을 계속 도울지는 알 수 없었기에 물어본 것이었다.

그리고 이안의 생각대로였다.

"저희 기사단은 이제 후발부대와 합류하여 전방에 전선을 구축해야 합니다, 자작님."

"그렇군요. 전선은 어느 쪽에 구축됩니까?"

헬라임이 말을 이었다.

"아직은 알 수 없습니다. 카이몬 제국 군대들과 엎치락뒤치락 하다 보면 전선이 형성되겠지요."

이안은 고개를 끄덕였다.

"그렇군요."

그리고 열심히 머리를 굴렸다.

'그럼 제국의 군대가 머무는 곳과 최대한 가까운 곳에 거점지를 점령해야 안전하게 지켜 낼 수 있을 텐데……'

로터스 길드는 그간 눈부시게 성장하여 이제 100대 길드에 근접할 정도로 강력해졌지만, 그럼에도 불구하고 아직까지 이 중부 대륙에 이렇게 빨리 입성할 만한 전력은 아니었다.

10위권 안쪽의 길드들과 비교하면 아직 어른과 어린아이 수준의 차이였으니까.

'아니야, 차라리 무리해서 퀘스트를 진행하는 것보다 성장에 주력하는 게 나을 수도 있어.'

생각을 정리한 이안은, 얼른 장내를 정리하고 다시 움직이기 위해 길드원들을 불러 모았다.

"피올란 님, 이제부턴 진짜 위험할 수 있어요."

이안의 말에 피올란이 의아한 표정으로 물었다.

"왜죠?"

"이제 아마도 기사단의 보호를 받기 힘들 것 같거든요."

그 말에 피올란은 급격하게 당황한 표정이 되었다.

"헐⋯⋯."

놀란 것은 헤르스도 마찬가지였다.

"야, 우리 길드원 열 명인데 이 전력으로 거점지 점령하고 지키고 할 수 있을 리가 없잖아. 길드 전력만으로는 필드 몬스터들 사냥하는 데도 벅찰 텐데."

헤르스의 말은 당연한 것이었다.

현재 이곳에 있는 길드원 열명의 평균 레벨은 120 중반 정도였는데, 필드 몬스터들의 레벨은 아무리 낮아도 140 이상이었으니까.

이안이 무지막지한 PvE 능력을 가지고 있긴 하지만, 그것으론 부족한 게 현실이었다.

"그래서 일단은 사냥하면서 레벨을 좀 올려야 할 것 같아."

피올란이 의아한 목소리로 물었다.

"사냥요? 지금 저희도 퀘스트 공유되서 뜬 거 봤는데⋯⋯ 최대한 빨리 거점지를 점령해야 되는 거 아닐까요? 제한 시간도 걸려 있잖아요."

하지만 이안은 고개를 저었다.

아무리 생각해 봐도 지금 함부로 돌아다니는 것은 너무 위험했다.

차라리 익숙해진 데다 최초 발견 버프가 이중으로 중첩되어 네 배의 경험치 획득이 가능한 이 무덤 안에서 최대한 성장하는 것이 낫다는 판단이었다.

'일주일 지나서 퀘스트 실패하나, 성배 뺏겨서 퀘스트 실패하나 마찬가지지.'

이안이 입을 열었다.

"피올란 님, 우리 이 전력으로 나갔다가 영웅 등급 필드 보스라도 만나면 바로 전멸인 거 아시죠?"

중부 대륙의 영웅 등급 보스 몬스터라면, 최소 레벨이 170은 될 것이었다.

피올란이 한숨을 푹 쉬었다.

"휴…… 그거야 그렇죠."

"솔직히 운이 좋아서 어찌어찌 비어 있는 거점지까지 갈 수 있다고 해도, 몬스터 습격 몇 번이면 그대로 우리 전부 게임 아웃이에요."

거점지가 세워지면, 주변의 몬스터들이 대규모로 무리지어 거점지를 향해 쳐들어온다.

필드를 돌아다니며 사냥하는 것보다 전투 난이도 자체가 훨씬 높아지는 것이다.

수성전을 할 수 있는 방어벽이라도 있으면 얘기가 다르겠지만, 이 황량한 땅에 있는 거점지에 그런 것이 존재할 리 없었다.

잠자코 있던 헤르스가 이안을 향해 물었다.

"그럼 어쩌자는 거야? 퀘스트는 포기야?"

이안이 고개를 끄덕였다.

"응, 일단은 포기라고 봐도 될 것 같다. 일주일 꽉 채워서 여기서 사냥할 거니까, 그러고 나면 제한 시간 하루 남는데…… 그 안에 거점지 점령은 아무래도 힘들 테지."

피올란이 입맛을 다셨다.

"쩝, 그건 좀 아쉽네요. 퀘스트 성공하면 경험치 폭탄 또 맞을 수 있을 것 같아서 설렜는데."

이안이 피식 웃었다.

"그것보다 여기 네 배 경험치 먹으면서 일주일 풀로 사냥 돌리는 게 아마 백 배는 더 많은 경험치를 얻을 겁니다. 여기는 이제 영웅 등급 이상 보스 몬스터는 남아 있지 않으니까, 우리끼리도 조심해서 움직이면 지속적으로 사냥할 수 있어요."

피올란도 이안의 말에 동의했다.

"그건 그래요. 제 레벨이 벌써 129가 된 걸 보면……."

그리고 어느새 그들 주변에 모여 얘기를 듣던 길드원 중 한 명이 이안을 향해 물었다.

"그럼 이안 님은 이제 레벨 몇이에요?"

이안이 씨익 웃으며 대답했다.

"전 방금 레벨 하나 더 올라서 132 찍었습니다."

헤르스가 당황한 표정으로 입을 열었다.

"132라고? 너 이러다가 전체 랭킹 10위권까지 들어가는 거 아니야?"

이안이 고개를 저었다.

"그건 아닐걸. 이제 아마 50위권 유저들까진 전부 140레벨 넘기지 않았을까?"

"그런가?"

"아마 그럴 거야. 내가 이번 퀘스트 시작하기 전에 랭킹 확인했을 때 50위쯤 되는 유저가 138인가 그랬으니까."

피올란이 중얼거리듯 말했다.

"그런데 이안 님이 소환술사 랭킹 1위인 건 거의 확실하고…… 2위는 누구일까요? 저번에 커뮤니티에 올라온 소환술사 랭킹 목록 보니까 1위가 115레벨로 표기되어 있던데."

이안은 정보가 비공개이기 때문에 단 한 번도 소환술사 랭킹 목록에 이름이 올라간 적이 없었다.

그리고 이안처럼 아직까지 비공개를 유지하고 있는 소환술사 유저가 없다는 장담도 할 수 없기 때문에, 이안은 어깨를 으쓱하며 대답했다.

"저랑 비슷한 레벨의 소환술사가 또 있을 수도 있죠, 뭐. 그거야 모르는 거니까요."

하지만 헤르스는 말도 안 된다는 표정으로 고개를 흔들었다.

"미친, 그런 사람은 존재할 수 없어. 너같이 운 좋은 또라이가 또 있을 리 없거든."

"야…… 운 좋은 또라이라니……."

피올란도 헤르스의 말에 동의한다는 듯 고개를 주억거렸다.

"표현이 약간 과격하긴 했지만…… 저도 전적으로 동의합니다."

이안이 시무룩한 표정으로 대꾸했다.

"하, 피올란 님까지……."

그런데 그들이 두런두런 대화를 나누는 그 사이…….

툭-.

이안에게서 받은 미트볼을 어느새 전부 섭취한 뿍뿍이가 바닥으로 내려와 엉금엉금 어디론가 기어가고 있었다.

뿍- 뿌뿍-!

하지만 백여 명에 가까운 인원이 정비를 하느라 장내가 무척이나 소란스러웠기 때문에, 아무도 사라지는 뿍뿍이를 발견하지 못했다.

그리고 10분 정도가 지났을 때.

이안은 뿍뿍이가 없어진 사실을 깨달을 수 있었다.

"뭐야, 진짜 전쟁이라도 시작되는 거야?"

마을과 마을을 이을 정도로 끝없이 이어지는 제국 병사들의 행렬에, 유저들은 흥미로운 표정으로 제국 군대를 바라보며 수군댔다.

"와, 이 정도 규모 전쟁이라니. 나도 참전해 보고 싶다!"

"참전이라니, 이 친구 꿈도 크구먼. 난 그냥 근처에 가서 구경이라도 해보고 싶네. 진짜 엄청나겠지?"

"아서라, 이것들아. 우리 레벨로는 중부 대륙이 아니라 불모지도 못 들어가. 시카르사막 잡몹한테 한 대 맞고 사망할걸?"

"야, 그래도 내 레벨이 90인데 설마 한방에 사망하겠어?"

"응, 충분히."

"……."

카이몬 제국과 루스펠 제국의 전쟁 선포는 멋들어진 영상으로 제작되어 게임 방송사를 통해 일괄적으로 방영되었으며, 카일란을 플레이하는 모든 유저들의 관심사가 모두 중부 대륙으로 쏠렸다.

카일란 사상 최초로 벌어지는 두 거대 제국 간의 대규모 전투였다.

그리고 그 전투에 관련된 퀘스트를 받았거나, 직접 참전하는 극소수의 상위 유저들은 부러움과 선망의 대상이 될 수밖에 없었다.

이 시점에 중부 대륙에 발을 들여 놓으려면 최소 120레벨 이상은 되어야 했으니까.

하지만 불만의 목소리도 많았다.

ㅡ아니. 무슨 신규 콘텐츠라고 업데이트한 게 극소수 최상위 랭커들만

을 위한 잔치잖아?

　─그러니까요. 이번에도 신규 직업이라도 나오나 하면서 기대했는데…… 신규 직업은커녕, 저 같은 50레벨 유저는 새로워진 게 아무것도 없어요.

　─저기, 님들, 있는 콘텐츠는 다 하시고 지금 불평하시는 거 맞죠? 전 아직 할 게 너무 많아서 딱히 불만이 생기지도 않던데…….

　─…….

　어찌 보면 이것은 당연한 수순이었다.

　카일란에서 현재 120레벨이 넘는 유저는 상위 0.1퍼센트 정도의 극소수에 불과했다.

　가장 빨리 서버를 오픈한 한국 서버와 유럽, 북미 서버가 이 정도 수준이니, 뒤늦게 오픈한 해외 서버들은 더욱 불만이 심했다.

　신규 서버의 경우에는 중부 대륙에 발을 들여 놓을 수 있는 유저가 단 한 명도 없었으니까.

　하지만 며칠이 지나자 유저들의 불만은 금방 사그라들었다.

　제국의 곳곳에서 누구나 할 수 있는 전쟁 관련 퀘스트들이 나타나기 시작했기 때문이었다.

　─이보게 젊은이. 얼마 뒤면, 제국 병사로 있는 내 하나뿐인 아들놈이 중부 대륙으로 파견 나간다네. 아들을 위해 근사한 장비를 만들어 주고 싶은데, 혹시 철광석을 7개만 구해다 줄 수 있겠는가?

보상이 제법 후한 재료 채집 퀘스트부터…….

-자네, 기골이 장대한 게 조금만 배우면 싸움 좀 하게 생겼어. 어떤가, 우리 루스펠 제국의 근위대로 들어와 실력을 뽐내보는 것은! 열심히 노력한다면 십인장, 백인장을 넘어 장교가 될 수도 있다네.

제국의 병사로 취직할 수 있는 기회까지…….

승급의 기회도 있었으니, 병사라고 해서 무시할 수 있는 제안이 아니었다.

이렇듯 계속해서 창출되는 새로운 퀘스트들과 콘텐츠들에, 유저들은 금방 다시 함박웃음을 지었다.

특히 제국의 병사나 대장장이, 마법사, 기사 등 제국 소속으로 취직할 수 있는 기회는 많은 유저들에게 각광받았다.

유저의 능력에 따라 주어지는 계급이나 직군이 다 달랐지만, 제국 황실과 관련된 일자리(?)를 얻으면 제국 공헌도도 조금씩 쌓을 수 있었고 무엇보다 다른 퀘스트들을 진행할 때와는 비교도 되지 않을 정도로 명성 보상이 좋았기 때문에 유저들 사이에서 너도나도 취직 열풍이 불어 닥칠 정도였다.

심지어 커뮤니티의 실시간 채팅방에서는 직업에 대한 열띤 토론이 벌어지기도 했다.

-님들 저, 곧 있으면 십인장으로 승진합니다. 레벨 40인데 십인장이라니, 쩔지 않나요?

-윗분, 보아하니 중앙 근위병 소속은 아니네요. 40레벨에 십인장 찍으신 거 보면…… 지방 중소 영지 자경단 소속이신 것 같은데 하나도 안

부럽습니다.

　-하, 이 님 예리하시네…….

　-예리하긴 무슨. 모르는 게 이상한 거죠.

　-후후, 님들, 놀라지 마시길. 전 테스트 보자마자 곧바로 중앙 제국군 소속 십인장으로 취직했습니다. 주급이 40만 골드나 된답니다, 크하핫!

　-헐, 윗분 혹시 직업이랑 레벨 좀 공유해 주실 수 있을까요? 궁금하네요.

　-전 지금 107레벨 전사 클래스 유접니다.

　-헐! 말도 안 돼. 난 112레벨인데 십인장 실전 면접에서 떨어졌는데……!

　-후후, 이게 피지컬의 차이 아니겠습니까.

　-인증샷 올리시기 전까지 전 못 믿습니다.

　-하하, 이 사람들 안 되겠네. 잠시만 기다리시죠, 스샷 가져옵니다.

　이렇게 신규 업데이트로 인해 카일란이 전반적으로 새로운 국면에 들어섰고, 그렇지 않아도 가상현실 게임 시장에서 압도적인 점유율 1위를 달리고 있던 카일란은 더욱 상승세를 타기 시작했다.

　게임 채널은 어디를 틀어도 중부 대륙에서 벌어지고 있는 전쟁에 대한 정보들과 이야기를 다뤘으며, 이미 출시 1년이 다 되어 가는 게임임에도, 신규 유저는 계속해서 유입되고 있었다.

　그리고 이안과 로터스 길드는 바로 그 중심에 서 있었다.

"뿍뿍아, 미트볼 줄게 숨어 있지 말고 나와 봐!"

"박뿍뿍 어디 있니?"

"박뿍뿍은 뭐냐."

"네가 뿍뿍이 형이라며. 그래서 너랑 같은 박씨인 줄 알았지."

"……."

정비가 끝난 제국 기사들이 전부 떠나고, 로터스 길드원들은 본격적인 사냥을 시작하기 전에 사라진 뿍뿍이를 찾아 던전을 누비기 시작했다.

처음에는 여느 때처럼 금방 찾을 수 있을 줄 알았기에 큰 걱정을 하지 않았지만 시간이 지날수록 이안은 불안해지기 시작했다.

심지어…….

─소환수 '뿍뿍이'가 소환 해제를 거부합니다.

─소환수 '뿍뿍이'를 소환 해제할 수 없습니다.

이안은 당황한 표정이 되었다.

'뭐지? 소환 해제를 거부했다고? 미트볼보다 맛있는 거라도 발견했나?'

속절없이 가고 있는 시간이 아깝기는 했지만 그래도 사냥에 들어가기 전 뿍뿍이를 찾는 것이 우선이었기에, 이안은 길드원들과 함께 열심히 뿍뿍이를 찾았다.

그리고 아예 사냥을 하지 않는 것도 아니었다.

던전을 돌아다니면서 마주치는 몬스터들은 잡으면서 이동해야 했으니까.

"영주 놈아, 그 못생긴 거북이는 왜 그렇게 열심히 찾는 거냐?"

카이자르의 말에 옆에 있던 세리아가 이안 대신 대꾸했다.

"못생겼다뇨! 우리 뿍뿍이가 얼마나 귀여운데요!"

"하…… 그 거북이랑 내 부하 놈이랑 비슷하게 생긴 것 같다. 신체 비율도 비슷한 것 같고……."

카이자르의 말에 옆에 따라오던 훈이가 인상을 찌푸렸다.

"날 그런 대두 거북이랑 비교하다니…… 너무하는 것 같다, 주군."

"또 말이 짧아졌다. 맞고 싶냐?"

"……."

훈이는 지금까지 당해 보지 못했던 참을 수 없는 수모에 주먹을 부르르 떨었다.

'이 또한 지나가리라…….'

그리고 생각했다.

'저 괴물 같은 놈 못 이길 것 같으면…… 어둠의 기운만 전부 흡수하고 명성치 10만 날려서 계약 해지해야겠어.'

하지만 훈이의 이 생각은 무척이나 잘못된 발상이었다.

아니, 잘못되었다기 보다는 불가능한 발상이랄까.

이것은 훈이가 계약 내용을 잘못 읽었기에 벌어진 일이 었다.

'조건을 충족하지 못한 채로 카이자르로부터 계약을 파기 당한다면 명성이 10만 감소합니다.'라는 내용.

이 내용을 보면 알 수 있듯, 명성 10만을 대가로 카이자르 에게서 벗어나는 상황은 훈이가 만들어 낼 수 있는 것이 아 니었다.

카이자르가 훈이에게 흥미를 잃어 계약을 파기할 경우, 명 성 10만도 함께 날린다는 것을 의미하는 것이었다.

하지만 그 부분을 잘못 읽은 훈이는, 명성 10만을 최후의 보루로 생각하며 꿋꿋이 참아 내고 있었다.

그런데 그때, 길드원 중 한 명이 큰 목소리로 이안을 불 렀다.

"어, 이안 님, 저쪽에 저거 뭐죠?"

"뭐가요?"

그리고 모두의 시선이 그가 가리킨 곳을 향해 돌아갔다.

"저기 밝게 빛나는 거요. 저쪽 코너 안쪽에서 은은하게 빛 이 반짝이는 것 같은데요?"

"한번 가 보죠."

이안을 위시한 일행은, 조심스러운 걸음으로 빛이 새어나 오는 곳을 향해 걸어갔다.

시야가 어두운 그 안쪽에서 어떤 일이 벌어질지 알 수 없었고, 이곳은 평균 레벨대가 140이 넘는 초고레벨의 사냥터였기 때문에 방심은 금물이었다.

그리고 천천히 코너를 돌자, 일행의 시야에 익숙한 뒷모습이 들어왔다.

"뭐야?"

"뿍뿍아, 여기서 뭐하고 있어?"

그것은 바로 뿍뿍이의 뒷모습이었다.

더욱 당황스러운 것은, 뿍뿍이와 대치 중인 몬스터의 모습이었다.

이안이 어이없는 표정으로 중얼거렸다.

"뭐야, 쟤…… 뿍뿍이랑 똑같이 생겼잖아?"

좁은 통로 앞에서 뿍뿍이와 대치 중인 몬스터는, 뿍뿍이와 비슷한 외모를 가진 바다거북이었던 것.

하지만 짙은 남색의 등껍질을 가진 뿍뿍이와 달리, 상대 거북이는 온몸이 황금빛으로 빛나는 황금 거북이였다.

그렇지 않아도 도드라지는 뿍뿍이의 대두가 금빛으로 번쩍이니 그 외모가 정말 압권이라고 할 만했다.

그런데 이안의 옆을 잠자코 따라오던 라이가 뜬금없이 이안을 향해 물었다.

-주인.

"라이야, 왜?"

―혹시 저 거북이가 지난번에 주인이 말했던…… 세상에서 가장 멋진 거북 빡빡이인가?

"뭐……?"

―머리가 반짝반짝 빛나서 이름이 빡빡이인가 보군. 그런데 저 거북이가 왜 여기 있지? 주인이 저번에 빡빡이는 북부 대륙에 있다고 하지 않았나?

"……?"

라이의 말에 순간 이안은 당황한 표정이 되었다.

그리고 옆에 있던 피올란이 물었다.

"이안 님, 빡빡이는 또 뭐예요? 그런 거북이도 있었어요?"

헤르스도 흥미진진한 표정으로 관심을 보였다.

"뭐야, 뿍뿍이 친구도 있었어? 저 황금 거북이, 네가 아는 거북이야?"

두 사람의 질문에 잠시 멍해 있던 이안은 문득 자신이 아무 생각 없이 지어 냈던 '잘생긴 거북 빡빡이' 이야기가 떠올랐다.

'이, 이게 뭐지……?'

라이의 중얼거림이 이어졌다.

―그러고 보니 확실히 뿍뿍이보다 잘생긴 것 같긴 하군. 반짝이는 머리를 한번 만져 보고 싶을 정도다.

라이의 말을 들었는지, 진지한 표정으로 황금 거북과 대치 중이던 뿍뿍이가 고개를 돌리고 째려봤다.

찌릿!

"진성아, 쟤 표정 되게 진지한데? 미트볼 먹을 때 말고는 저렇게 진지한 표정 처음 본다."

"저도요……."

이안이 대답했다.

"나도 그래."

거슬리는 소리만 골라서 하는 일행을 한 번씩 쩨려봐 준 뿍뿍이가 황금 거북을 향해 엉금엉금 기어가기 시작했다.

그리고 이유는 알 수 없었지만, 일행은 전부 숨을 죽이고 그 광경을 지켜봤다.

무협지의 주인공이 외나무다리에서 불구대천지수를 만났을 때의 표정이 이러할까.

뿍뿍이는 비장한 표정이었고, 심지어 카이자르마저도 흥미롭게 두 대두 거북이의 일기토를 지켜보기 시작했다.

뿍- 뿌뿍-!

의미는 알 수 없었지만 호기롭게 외치는 뿍뿍이.

그리고 그에 맞서 빡빡이(?)도 입을 열었다.

하지만 놀랍게도, 빡빡이는 인간의 언어를 할 줄 알았다.

빡빡이는 뿍뿍이 대신 이안을 응시하며 입을 열었다.

-인간이여, 나를 알고 있는가.

"응……?"

-빡빡이라…… 나에게 그렇게 멋진 이름이 있었다니!

"푸웁……!"

이안은 이 진지한 상황에서 터져 나오는 웃음을 참기 위해 안간힘을 써야만 했다.

"뿍, 뿌뿍!"

'어디선가 강한 기운이 느껴진다뿍!'

여느 때처럼 전투가 끝나자마자 미트볼을 맛있게 먹고 있던 뿍뿍이는 고개를 번쩍 추켜들었다.

지금껏 느껴본 적 없던 강렬한 기운이 자신을 부르는 것이 느껴진 것이다.

뿍뿍이는 눈앞의 미트볼을 전부 입 안으로 쑤셔 넣은 뒤 이안을 향해 고개를 까딱였다.

"뿌뿍!"

'주인, 나 잠시 일 좀 보고 오겠뿍!'

물론 정신이 없었던 이안이 뿍뿍이의 보고(?)를 들었을 리 없었지만, 뿍뿍이는 신경 쓰지 않았다.

어차피 보고는 형식적인 것이었을 뿐.

뿍뿍이는 신이 난 걸음으로 쪼르르 기어가기 시작했다.

'이 정도의 기운이라면 제법 맛있는 영약이 있을 것 같뿍!'

할리와 핀을 얻은 이후부터였을까?

이안은 어느 순간부터 전투 중에 뿍뿍이를 방치해 두는 경우가 많아지고 있었다.

소환수들이 많아지고 대부분 원거리 스킬로 전투를 하다 보니, 크게 위험한 경우가 아니면 뿍뿍이를 등에 메지 않고 사냥하게 된 것이었다.

'오랜만에 오래 매달려 있었더니 답답해 죽겠뿍!'

하지만 중부 대륙에 오고 난 뒤부터는 사냥터 자체가 무척이나 고레벨이었고, 한시도 방심할 틈이 없었기 때문에 이안이 뿍뿍이를 계속해서 등에 메고 있었던 것이었다.

때문에 이안이 뿍뿍이를 내려놓은 것은 무척이나 오랜만이었고, 중부 대륙에 들어온 뒤 처음으로 자유를 얻은 뿍뿍이는 신이 날 수 밖에 없었다.

'설렌다뿍! 미트볼보다 맛있는 거였으면 좋겠뿍!'

이안은 잘 모르고 있었지만, 뿍뿍이는 자유를 얻은 뒤부터 종종 이안 몰래 마실을 나가 영약들을 캐어 먹곤 했다.

그리고 생전처음 오는 이 거대한 던전에는, 곳곳에 뿍뿍이가 탐을 낼만 한 영약들이 산재해 있었다.

걸음을 옮길수록 더욱 정확히 느껴지는 미지의 향기들이 뿍뿍이의 짧은 다리를 더욱 빨리 움직이게 만들었다.

'일단 하나 찾았뿍!'

그 통통한 몸집으로 용케 벽 사이를 타고 기어 올라간 뿍뿍이는, 동굴의 벽에 자라 있는 오색 빛깔의 풀뿌리를 파내어 먹기 시작했다.

"뿍! 뿌뿍!"

'음, 이 향기! 혀를 타고 느껴지는 식감이 아주 일품이다 뿍!'

대륙 곳곳에 산재해 있는 영약들을 맛보는 것은, 식탐 거북 뿍뿍에게는 무척이나 즐거운 일이었다.

물론 입에 착착 감기는 자극적인 맛의 미트볼보다 뿍뿍이를 만족시켜 주는 것은 거의 찾기 힘들었지만, 약초들을 맛보는 것은 또 다른 매력이 있었다.

가끔 잘못된 약초를 섭취해서 눈물이 핑 돌 정도로 고통스러운 적도 있었지만, 그것을 상쇄하고도 남을 만큼, 일탈은 뿍뿍이에게 있어서 매력적이었다.

'배 속에 대자연의 기운이 느껴진다뿍!'

약초를 섭취할 때마다 신비로운 에너지가 뿍뿍이의 온몸에 활력을 불어넣어 주었다.

뿍뿍이는 게 눈 감추듯 커다란 약초 뿌리를 전부 삼켜 버린 뒤, 다시 걸음을 옮겼다.

그런데 뿍뿍이의 눈앞에 귀찮은 메시지가 떠올랐다.

-천년오색초를 섭취했습니다. 주인 '이안'과 정보를 공유할 수 있습니다.

약초를 먹을 때마다 떠오르는 이 귀찮은 메시지에, 뿍뿍이는 단호한 표정으로 고개를 절레절레 흔들었다.

'싫다뿍! 주인이 알면 자기 것도 가져오라고 할 거다뿍! 나

혼자 다 먹을 거다뿍!'

그러자 메시지는 사라졌고, 뿍뿍이는 또 다시 빠르게 다리를 놀리기 시작했다.

'곧 있으면 주인이 내가 없어진 것을 알고 찾을 거다뿍. 그전에 최대한 많이 먹어야 한다뿍!'

뿍뿍이는 그 짧은 다리에서 나오는 속도라고는 믿을 수 없을 만큼 재빨리 움직여 던전 안의 약초들을 섭취하고 다녔다.

그리고 잠시 후.

뿍뿍이의 우려대로 알 수 없는 힘이 뿍뿍이의 몸을 감싸기 시작했다.

주인인 이안이 자신을 소환 해제하기 위해 명령을 내린 것이리라.

뿍뿍이는 알 수 없는 강력한 힘에 완강히 저항하기 시작했다.

'싫다뿍! 더 먹을 거다뿍!'

그러자 놀랍게도, 뿍뿍이를 감싸던 푸른빛이 허공으로 흩어지기 시작했다.

그리고 이안의 소환해제 명령을 성공적으로 거부한 뿍뿍이는 다시 걸음을 옮기기 시작했다.

'아무도 날 방해할 수 없뿍!'

뿍뿍이는 당당한 자태로 또다시 찾은 영약을 섭취하기 시작했다.

원래 처음에는, 뿍뿍이에게 이안의 명령을 거부할 수 있는 힘이 없었다.

하지만 영약을 섭취하며 점점 힘이 강해지자 이 알 수 없는 에너지를 거부하는 것이 가능해진 것이었다.

뿍뿍이는 작은 꿈도 하나 가지고 있었다.

'영약을 더 섭취하면, 악덕 주인으로부터 도망칠 수 있을지도 모른다뿍!'

임금 지급에 인색한 악덕 업주로부터의 탈출을 꿈꾸는 거북노동자 뿍뿍이.

여러 의미에서 영약 채집은, 뿍뿍이에게 너무나도 중요한 일이었다.

그런데 그때, 어디선가 이질적인 음성이 들렸다.

그리고 그 내용은 뿍뿍이의 관심을 끌 수밖에 없는 것이었다.

ㅡ그대는 누구인가, 이렇게 멋진 외모를 가진 거북은 태어나서 처음 보는군!

고래도 춤추게 만든다는 외모 칭찬에 뿍뿍이는 약초를 씹던 것도 잊고 휙 하고 고개를 돌렸다.

'아니, 이렇게 구석진 곳에 내 멋진 외모를 알아봐 주는 이가 있을 줄은 몰랐뿍!'

그리고 마주친 시선에, 뿍뿍이는 당황할 수밖에 없었다.

황금색으로 번쩍이는 무언가에 순간적으로 눈이 부셨기

때문이었다.

"뿍- 뿌뿍-!"

잠시 후, 흐려졌던 뿍뿍이의 시야가 정상으로 돌아왔고, 상대를 확인한 뿍뿍이는 두 눈이 휘둥그레졌다.

'뿍! 저렇게 멋진 거북이는 처음 봤뿍!'

뿍뿍이의 눈앞에는 황금빛으로 번쩍이는 등껍질과 크고 아름다운 머리를 가진 황금 거북이가 엉금엉금 기어오고 있었다.

나르시스트 거북인 뿍뿍으로서도 인정할 수밖에 없는 완벽한 외모였다.

순간, 뿍뿍이의 뇌리를 강타하는 한 마디가 있었다.

-뿍뿍이 너, 세상에서 제일 잘생기고 멋진 거북이가 누군지 알아?

몇 달 전, 악덕 주인에게서 들었던 믿기 힘들었던 이야기.

-저 북부 대륙에 빡빡이라는 거북이가 있는데, 그 거북이가 세상에서 가장 멋진 거북이라 하더라고.

이안에게서 들었던 멋진 거북 이야기를 떠올린 뿍뿍이는 비장한 표정을 지으며 황금 거북을 노려보았다.

상대는 이안이 말했던 빡빡이임이 분명했다.

'빡빡이……! 이런 곳에서 만날 줄은 몰랐뿍!'

뿍뿍이를 다이어트와 식단 조절의 세계에 입문시켰던 악덕 거북이 빡빡이.

뿍뿍이는 그 이름을 잊을 수 없었다.

그리고 속으로 의지를 다졌다.

'저 느끼하게 생긴 거북 놈만 제거하면, 난 다시 마음껏 미트볼을 먹을 수 있겠뿍……!'

그리고 그렇게 두 거북의 일기토가 시작되기 직전.

이안과 일행이 뿍뿍이의 뒤에 나타났다.

중부 대륙의 고대 유적지는 사막 한복판에 자리하고 있었다.

그러다 보니 그 주변에는 수많은 모래 언덕이 솟아 있었는데, 그중 한 언덕의 모퉁이에 커다란 깃발이 휘날리고 있었다.

새하얀 바탕에 새까만 초승달이 그려진 길드 깃발.

그것은 바로 랭킹 1위 길드인 다크루나 길드의 깃발이었다.

"솔린 님, 언제까지 기다려야 합니까?"

옆에 있던 유저의 말에, 솔린은 입술에 검지를 가져다 대며 작은 목소리로 대답했다.

"조금만 더 기다려 보자. 마스터께서 오시기 전까지는 경거망동하지 않는 것이 좋아."

솔린은 다크루나 길드의 제1 정찰조장을 맡고 있는 고레벨의 여성 전사 유저였다.

그녀의 레벨은 139.

그리고 139레벨이라는 수치는 현 시점에서 종합 랭킹이 거의 50위에 근접할 정도로 초고레벨이었다.

'이제 나올 때가 된 것 같은데…….'

솔린은 던전의 정보를 검색해 보았다.

고대 거신족의 무덤

던전 등급 : 영웅   **던전 레벨** : 170
던전 보스 : 홀드림 Lv270
클리어 여부 : 클리어 된 던전   **최초 클리어 유저** : 알 수 없음
고대 거신족의 지도자였던 '홀드림'의 무덤이다.
보스를 처치하면 낮은 확률로 홀드림의 보물들을 획득할 수 있다.
*최초 클리어시 '홀드림의 성배' 획득.
*'홀드림의 성배' 아이템은 최초 클리어시에만 드롭됩니다.

정보를 쭉 확인한 솔린은 의아한 표정이 되었다.

"뭐지? 최초 클리어 유저가 왜 알 수 없음이라고 뜨는 거지?"

원래 던전의 최초 클리어 유저는, 보스가 죽기 전 마지막

타격을 가한 유저의 이름으로 나타난다.

심지어 정보를 비공개로 해 놓은 유저라고 하더라도, '***(비공개)' 와 같은 식으로 표시되기 때문에 솔린이 당황한 것이었다.

그리고 옆에 있던 다른 길드원이 그녀의 궁금증을 풀어 주었다.

"아, 보스 막타를 NPC가 치면 그렇게 표기되나 보더라고요. 전에 본 적 있습니다."

"아아……."

그제야 이해가 된 솔린은 고개를 끄덕였다.

'어쨌든 클리어된 던전이라고 떠 있으니 곧 있으면 NPC건 누구건 바깥으로 나오겠지.'

그리고 그녀의 예상은 빗나가지 않았다.

"솔린 님, 저기 누군가가 나오고 있습니다."

길드원의 말에 솔린의 시선이 유적지 무덤의 출구를 향해 돌아갔다.

"곧바로 공격할까요?"

그의 물음에 솔린이 한쪽 손을 들어 저지했다.

"잠시 기다려 보자. 유저가 아닐 것 같아."

무덤의 출구를 따라 하나둘 나오기 시작하는 제국 기사들.

그리고 기사들의 갑주에 그려진 문양을 확인한 솔린은, 그들이 루스펠 제국 소속의 기사들이라는 것을 금방 알 수 있었다.

'어쩐지…… 루스펠 소속의 길드에서 단독으로 이렇게 빨리 중부 대륙에 진입할 수 있을 리가 없지.'

루스펠 소속의 길드 중 가장 랭킹이 높은 길드는 스플랜더 길드로, 3위에 랭크되어 있었다.

하지만 1, 2위를 다투는 다크루나 길드나 타이탄 길드와 비교하면, 전력이 한참 떨어지는 수준이었다.

50위권의 유저들이 대부분 두 개의 거대 길드에 속해 있었기 때문.

솔린은 잠시 고민했다.

'제국 기사들이라면 최소 140레벨 이상일 텐데…… 지금 전력으로 상대할 수 있을까?'

하지만 고민은 길지 않았다.

선택의 여지가 없었기 때문이었다.

'여기서 놈들을 그냥 보내 버린다면 당연히 성배는 얻을 수 없겠지.'

일반 길드도 아니고, 제국 기사단에 성배를 빼앗긴다면 다시 찾아올 방법이 없었다.

솔린은 당연히 제국 기사단에서 성배를 가지고 있을 것이라고 생각한 것이었다.

클리어가 끝난 던전의 안쪽에서 누군가 남아 사냥을 하고 있으리라고는 생각도 하지 못했다.

'지금 길드 전력이 쉰 명 정도에…… 곧 있으면 이라한 님이 본대를 끌고 오실 테니까…….'

루스펠 제국 기사단의 숫자는 얼추 백여 명 정도 되어 보였고, 그 정도면 수적 우세로 어떻게 싸워 볼 수 있을 것 같기도 했다.

본대가 전부 도착한다면 130레벨 이상의 유저만 세어도 이백 명은 넘을 테니까.

"마스터께선 얼마나 걸리신다고 하셨지?"

"10여 분 정도 후면 도착하신답니다."

솔린은 고개를 끄덕였다.

"좋아, 한번 싸워 보자."

솔린의 말에 그 옆에 몸을 숨기고 앉아 있던 길드원들이 일제히 자리에서 일어났다.

"알겠습니다."

스르릉-.

그녀가 허리에서 길다란 장검을 뽑아 치켜들자, 대열 뒤쪽에서 커다란 소리의 뿔피리가 울려 퍼졌다.

뿌우우-!

-'승리의 뿔피리'의 '사기진작' 효과로 인해, 모든 길드원들의 전투 능력이 5퍼센트만큼 상승합니다.

-모든 길드원들의 움직임이 10퍼센트만큼 빨라집니다.

-'사기진작' 효과는 10분 동안 지속되며, 적을 하나 처치할 때마다 지

속 시간이 5초씩 증가합니다.

그리고 뿔피리 소리를 들은 루스펠 제국 기사들의 시선이 일제히 모래언덕으로 향했다.

"돌격……!"

와아아ー!

그렇게 중부 대륙에서의 양 제국간 첫 번째 전투는, 다크루나 길드와 루스펠 제국 기사단 사이의 싸움으로 시작되었고, 그것은 훗날 다크루나 길드원들 사이에서 '중부 대륙의 악몽'이라고 불린 재앙의 시작이었다.

"뿍ー 뿌뿍ー!"

황금 거북 빡빡이(?)는 자신의 옆을 빙빙 돌며 싸움을 거는 뿍뿍이는 안중에도 없는 듯, 천천히 이안을 향해 다가왔다.

빡빡이가 입을 열었다.

ー나의 과거를 아는 인간을 만나다니, 감격스럽다. 이안이라고 했는가?

이안은 얼떨결에 고개를 끄덕였다.

"응? 으응……."

ー내 이름을 찾아 줘서 고맙다, 이안. 고마움의 표시로 내가 선물을 하나 주겠다.

"……."

이안은 물론 멍한 표정이 되었다.

'대체 뭐가 어떻게 돌아가는 거야? 쟤가 원래 이름이 빡빡

이였던 거야 그럼? 정말로?'

이안은 영문을 알 수 없었지만, 일단 선물을 준다는 말에
손을 내밀었다. 무슨 경우인지는 알 수 없어도, 공짜를 거절
할 필요는 없었으니까.

사실 이안은 모르는 것은 당연했지만, 빡빡이는 가장 처음
발견하는 소환술사 유저에 의해 이름이 지어지며, 그와 동시
에 퀘스트가 발생하게 되는 히든 NPC였다.

정확히 말하자면 NPC겸 몬스터랄까.

하지만 그러한 사실을 알 수 없었으니, 이안으로서는 당황
스러울 수밖에 없는 것이었다.

–이것은 내가 가장 아끼는 물건 중에 하나다. 부디 소중하게 다뤄 줬
으면 좋겠다.

그리고 빡빡이가 입을 벌리자, 그의 입 안에서 밝게 빛나
는 구체가 하나 튀어나와 두둥실 떠올랐다.

성인 남성의 주먹만 한 크기의 영롱한 구체.

이안이 그것을 집어 들었다.

그러자 메시지가 울려 퍼졌다.

띠링–

–'귀혼龜魂' 아이템을 획득하셨습니다.

'귀혼? 이게 뭐지? 모르는 한자인데…….'

일단 겉보기에 어떤 용도로 사용되는 물건인지 알 수 없었
음으로, 이안은 인벤토리를 열어 아이템의 정보를 확인해 보

았다.

귀혼龜魂

분류 : 부적Charm　　　　　　　　**등급 : 전설**
착용 제한 : '소환수'에 한해 착용 가능.
내구도 : 55/55
옵션 : 모든 전투 능력 +55퍼센트
　　　　모든 고유 능력 재사용 대기 시간 −15퍼센트
*'고대 거북' 종족이 착용할 시, 방어력이 추가로 50퍼센트만큼 상승한다.
*'고대 거북' 종족이 착용할 시, 초당 0.5퍼센트의 생명력을 회복한다.
*'고대 거북' 종족이 착용할 시, 고유능력 '물의 장막'을 사용할 수 있게
해 준다.
물의 장막은 가로 30미터 높이 10미터의 범위에 만들어지며, 어떤 투사
체도 장막을 통과할 수 없다.
물의 장막은 15초 동안 지속된다.
(재사용 대기 시간 : 1분)
* 유저 '이안'에게 귀속된 아이템이다.
다른 유저에게 양도하거나 팔 수 없으며 캐릭터가 죽더라도 드롭되지
않는다.
(최초 1회에 한해 양도할 수 있다.)
고대 전설 속의 거북인 황금귀黃金龜 '빡빡이'의 영혼이 일부 담겨 있는
구슬이다.
고대 거북이 승천하여 귀룡龜龍이 되는 데 필요한 비밀이 담겨 있는 물
건이다.

　　귀혼 아이템의 설명을 쭉 읽고 난 이안은 정신이 번쩍 드
는 것을 느꼈다.
　　'고대 거북이 승천하여 귀룡……이 된다고?'

이안의 시선이 곧바로 뿍뿍이를 향해 돌아갔다.

'생긴 것을 보아 하니, 뿍뿍이는 빡빡이의 동족임이 분명한데, 그렇다면?'

이것이 바로, 그동안 감도 잡을 수 없었던 뿍뿍이의 진화 방법에 대한 단서일 것이라고 이안은 확신했다.

'뿍뿍아, 네가 뭐가 되려고 그렇게 열심히 먹어 대나 했더니 용이 되는구나!'

이런저런 생각을 하는 이안을 향해 빡빡이가 다시 입을 열었다.

─이안, 혹시 내 부탁을 들어 줄 수 있을까? 난 너무 오랜 시간 잠들어 있었다. 내 잃어버린 기억을 찾고 싶어.

이어서 이안이 속해 있는 파티의 모든 유저들의 눈앞에 퀘스트 창이 떠올랐다.

띠링─.

황금귀 '빡빡이'의 부탁(히든 퀘스트)

고대 유적, 거신족의 무덤에 잠들어 있던 황금귀 빡빡이가 오랜 잠에서 깨어났다.

하지만 너무 오랜 시간 잠들어 있던 빡빡이는 과거를 기억하지 못한다.

그의 기억을 되찾기 위해서는 무덤 어딘가에 숨겨져 있는 '황금귀룡의 여의주'를 찾아야 한다.

귀룡의 여의주를 찾아 빡빡이에게 돌아오자.

퀘스트 난이도 : SS

퀘스트 조건 : 황금귀 '빡빡이'의 신뢰를 얻은 유저.

이안의 동공이 크게 확대되었다.

어차피 뿍뿍이의 진화 비밀을 풀기 위해서라도 빡빡이에게 정보를 얻어 내야 했는데, 이렇게 히든 퀘스트까지 부여받았으니 덩실덩실 춤이라도 추고 싶었다.

'이런 히든 퀘스트를 성공시키면 NPC 친밀도가 많이 올라가겠지?'

친밀도가 올라갈수록 더 많은 정보를 얻을 수 있는 것이 당연했으니, 이안은 기분이 좋을 수밖에 없었다.

그리고 이안만큼은 아니었지만, 다른 유저들의 표정도 무척이나 밝아졌다.

"이안 님, 이거 귀룡의 비늘갑주 아이템 눌러 보셨어요?"

"아뇨, 왜요?"

"이거 무려 전설 등급 아이템이에요!"

피올란의 흥분된 말에 이안은 퀘스트 창에 떠 있는 귀룡의 비늘갑주 아이템을 탭해 보았다. 그러자 화려한 문양이 그려진 갑주가 이안의 눈앞에 떠올랐다.

"크으, 멋지네."

이안의 중얼거림에 헤르스가 상기된 어조로 덧붙였다.

"야, 멋지네가 문제가 아니야 지금! 무려 전설 등급이라고. 나 아직 전설 등급 아이템 구경도 해 본 적 없어. 심지어 경매장에서도!"

그 말에 이안은 의아한 표정이 되었다.

"어, 정말? 전설 등급 아이템 아직 하나도 없어?"

헤르스가 반문했다.

"그러는 너는 있냐?"

"당연하지. 어디 보자…… 한 세 개 쯤 있는 것 같은데."

"……"

순간 모두의 질투어린 시선에 멋쩍은 표정이 된 이안을 향했다. 이안은 당황해서 말을 더듬으며 어색하게 웃었다.

"하, 하하, 난 다들 하나씩은 있는 줄……."

사실 전설 등급 아이템이 희귀한 것은 맞지만, 그래도 종종 커뮤니티에 획득한 유저가 인증샷을 올리곤 했다. 다만 경매장에서 전설 등급의 아이템을 보기 힘든 이유는, 전설 등급부터는 아이템이 대부분 귀속 아이템으로 획득되기 때문이다.

잠시 동안 정적이 흘렀다.

그것을 깬 것은 다름아닌 카이자르였다.

"영주 놈아."

"왜, 가신님."

"귀룡의 비늘갑주인지 뭔지 나 줘야 되는 거 알지?"

"……?"

이안은 생각지도 못한 카이자르의 말에 얼어 버렸다.

"내, 내가 왜?"

이안의 물음에 카이자르는 가볍게 대답했다.

"안 주면 일 안 한다, 영주 놈아."

"……."

그렇지 않아도 이안의 파티는 이 험난한 던전을 헤쳐 나가기엔 너무도 부실한 전력이었기 때문에, 그는 울며 겨자 먹기로 고개를 끄덕일 수밖에 없었다.

"아, 알겠어."

헤르스와 피올란은 혹여 자신들의 아이템도 빼앗길까 싶어 빠르게 이안을 외면했고, 이안은 시무룩한 표정이 되었다.

예정에 없던 뿍뿍이의 외도(?)와, 이어진 빡빡이와의 만남 때문에 잠시 시간이 지체되었지만, 퀘스트를 받은 이후 이안 일행은 예정대로 사냥을 진행했다.

150~170 정도의 초고레벨 몬스터들을 상대로 하는 사냥이었기에 쉽지는 않았지만, 일당을 받기로 한 카이자르가 열심히 일해 줬기 때문에 조금씩 사냥 속도가 빨라지고 있었다.

어느덧 사냥을 시작한지 5시간째.

쾅- 콰쾅-!

-가신 '카이자르'가 '잊힌 고대의 원혼'을 공격하여 치명적인 피해를 입혔습니다.

-'잊힌 고대의 원혼'의 생명력이 24,875만큼 감소합니다.

-'잊힌 고대의 원혼'을 처치했습니다.

-경험치를 248,590만큼 획득했습니다.

-레벨이 올랐습니다. 133레벨이 되었습니다.

연이어 떠오르는 시스템 메시지와 함께, 이안의 몸이 새하
얀 빛으로 뒤덮였다.

레벨 업의 쾌감을 느끼며, 이안은 뿌듯한 미소를 지었다.

"크, 역시 사냥은 하드코어하게 해야 돼."

이안의 말에 앞쪽에서 방패를 들고 투사체를 막아 내던 헤
르스가 투덜거렸다.

"야, 좀 쉬어 가면서 사냥하자. 다른 사람들도 너 같은 줄
아냐? 다들 녹초라고 이제."

그 말에 이안이 고개를 돌려 주변을 둘러보았다.

그리고 헤르스의 말대로 다들 어깨가 축 늘어져 있었다.

그것을 본 이안이 입맛을 다셨다.

"쩝, 그럼 조금 쉴까요?"

이안의 말이 떨어지자마자, 다들 그 자리에 풀썩 주저앉
았다.

이안의 옆에 와 앉은 피올란이 고개를 절레절레 흔들며 입
을 열었다.

"어휴, 이안 님이랑 같이 사냥하고 나면 진짜 진이 쭉쭉 빠
지는데 경험치가 너무 잘 올라서 항상 거절할 수가 없네요."

그 말에 헤르스가 피식 웃으며 얘기했다.

"거절할 수 없는 게 아니라 같이 하자고 매달리잖아요, 피올란 님은."

"그, 그랬나요, 제가? 그래도 덕분에 전 벌써 131레벨 이라고요. 후훗."

"그건 좀 부럽네요."

이안은 자리에 앉기 전, 버프 스킬들을 전부 한 바퀴씩 돌린 뒤 휴식을 시작했다.

"그나저나, 퀘스트는 어떻게 해야 할까요? 이거 귀룡의 여의주인지 뭔지…… 어디서 찾아야 할지 감도 안 오네."

이안의 물음에 피올란이 별 생각 없이 대답했다.

"그거야 뭐, 귀룡의 여의주니까 귀룡인지 뭔지를 잡으면 나오지 않겠어요?"

헤르스도 영혼없는 목소리로 한 마디 덧붙였다.

"귀룡은 뭘까요? 유령처럼 생긴 용인가? 고스트 드래곤?"

헤르스의 말에 이안이 핀잔을 줬다.

"이 멍청아, 한자로 거북 '귀'잖. 무식한 소리 하네."

"그래? 그럼 거북 용이야? 현무 같은 건가……."

하지만 이안의 잘난 척은 피올란에 의해 무마되었다.

"이안 님, 아까 훈이가 가르쳐 주는 거 다 봤어요, 제가."

"……!"

이안은 멋쩍게 웃었고, 헤르스는 놀란 표정으로 거만한 표정을 짓고 있는 훈이를 향해 고개를 돌렸다.

"오, 꼬마! 보기와는 다르게 똑똑한데?"

훈이는 의기양양한 표정으로 씨익 웃었다.

"후후, 전설의 흑마법사가 될 몸이시다. 똑똑하지 않은 게 이상한 거지."

이안이 피식 웃으며 빈정거렸다.

"어제 풀었던 학습지에서 배웠나 보지, 뭐."

이안의 비아냥에 훈이가 발끈했다.

"어둠의 후계자를 무시하는 거냐, 지금?"

하지만 이 소란은 카이자르에 의해 금방 정리되었다.

따악-!

카이자르가 칼집을 들어 훈이의 뒤통수를 한 대 때린 것.

"시끄럽다, 부하 놈아!"

훈이는 아무 말도 하지 못하고 시무룩한 표정이 되어 고개를 휙 돌릴 뿐이었다.

이안은 괜히 훈이에게 미안해졌다.

"갑자기 저 꼬마 놈이 좀 불쌍한걸."

사냥 후 휴식시간 동안 잠시간의 소란이 있었지만, 축 늘어져 있던 파티는 어느 정도 체력을 회복했고 다시 사냥을 시작하기 위해 자리에서 일어났다. 그런데 그때, 무덤 한쪽의 석벽에서 미약한 진동음이 들려왔다.

쿠릉- 쿠르릉-.

뿍뿍이가 소리가 난 방향을 향해 기어가기 시작했다.

뿍– 뿌뿍–!

"야, 뿍뿍아, 어디가 또!"

이안은 뿍뿍이를 서둘러 붙잡아 등에 메었고, 그동안 진동은 점점 더 커져 갔다.

쿠르르릉– 쿠구궁–!

"모두 조심하세요! 위에서 낙석 떨어집니다!"

콰앙–!

피올란의 말이 끝나는 순간, 제법 커다란 크기의 낙석이 일행의 사이로 떨어져 내렸고, 그것을 본 이안은 기겁했다.

"이 정도 크기면 못 피하면 골로 가겠네."

일행이 분주히 움직이며 위험 지역을 벗어나는 동안, 무덤의 한 쪽 석벽이 갈라지기 시작했고, 이안은 서둘러 재사용 대기 시간이 돌아온 버프들을 전부 걸기 시작했다.

"저기서 뭔가 나올 것 같아요. 다들 전투 준비!"

그리고 잠시 후.

째애앵–!

갈라진 석벽의 사이로 눈조차 뜨기 힘들 만큼 강렬한 빛이 폭사되어 일행의 시야를 뒤덮었다.

to be continued